MA MÈRE EN TOUTES CHOSES

La rencontre
dirigée par Anne Bourguignon

La rencontre est une histoire qui nous appartient.

ISSN 2491-8261
EAN 9782363470

Ludivine Ribeiro

MA MÈRE
EN TOUTES CHOSES

arléa
16, rue de l'Odéon, 75006 Paris
www.arlea.fr

À toi
À toutes les mères
À tous les enfants

Tout ce qui est écrit continue
de vivre dans l'absence.

Louis Aragon

Rien n'a changé.

Dans la pinède lustrée par la nuit marine, le jour se lève doré comme en plein été, friselis d'aiguilles, parfum de brioche tiède, flaques de lumière où bronzent déjà les lézards, puis au bas des marches, derrière les pittosporums, la plage nue du petit matin, parasols fermés, clapotis d'écume, cailloux baignés d'eau nocturne luisant sur le sable froid.

Ma mère est morte, et la splendeur du monde est intacte.

J'espérais trouver un apaisement dans ce lieu qui garde la trace de nos étés – mon enfance, sa jeunesse, les coquillages, les châteaux –, d'une vie simple et bleue et baignée de soleil, mais ici comme ailleurs il n'y a plus que le vide.

Où est-elle ?

Je scrute le ciel, j'entends sa voix, le klaxon joyeux de sa Clio rouge, je la vois partout dans les rues, dansante et blonde, bouffées de bonheur mais ce n'est jamais elle, jamais ses bras qui me consolent, et même si elle m'envoie des signes pour que je sois moins triste – des labradors jaunes, des crépuscules écarlates, une feuille en forme de cœur sur le seuil du bungalow –, jamais elle ne revient et je m'enfonce dans le noir.

Comment c'est possible, moi toute seule et toute petite ici, et toi je ne sais où ?

Je n'arrive pas à croire que c'est arrivé, ma mère du monde effacée.

Et soudain je l'aperçois, déboulant sur la plage par une brèche du maquis, elle marche très vite dans sa robe mauve, un cornet de glace dans chaque main, pistache-amarena, son sourire ravi, celui du chat qui a mangé le canari, dirait-elle, elle se dépêche, flap-flap font ses tongs sur le muret de pierre, ça fond, ça coule sur ses doigts, et j'ai envie de hurler, de me laisser engloutir par les vagues pour finir dans le ventre des poissons.

Qu'une personne qui a existé, subitement n'existe plus – n'existera jamais plus –, comment vivre avec ça ?

Ces mots définitifs, depuis peu : jamais, toujours, désormais, nulle part.

Une terreur inconnue se superpose au chagrin, la peur panique que s'efface jusqu'à son souvenir et qu'il n'en reste rien, dissoute, évaporée. Poussière redevenue. Rassembler d'elle les morceaux épars, vite, avant qu'il ne soit trop tard, cette urgence m'obsède.

À mon retour, dans cette maison où elle n'est pas non plus, où tout est aussi désert qu'une plage d'automne, mes yeux se posent sur un compotier en cristal jaune pâle qu'elle m'a offert un après-midi de soleil, je m'en souviens très bien, ses cheveux de la même couleur dans la lumière qui les traverse, les feuilles tendres des arbres, en ce temps où elle pouvait débarquer à tout moment avec sa voiture rouge, un bouquet de fleurs et ses ballerines dorées.

C'est à cet instant que naît l'idée puérile de faire l'inventaire des objets qui me viennent d'elle, comme autant de preuves de sa présence encore, et c'est un soulagement inattendu de constater qu'eux sont toujours là, que je peux les toucher, les respirer, leur parler si je veux, qu'à la manière de cailloux blancs disséminés dans les pièces, par mille chemins ils me ramènent à elle.

Alors je fouille, je photographie, j'imprime, la matière combat le vide, et mon environnement se révèle sous un jour nouveau, riche en surprises, en découvertes, en émotions, le passé tissé en toutes choses. Regarde autour de toi, je me répète, elle est partout.

Je suis loin d'imaginer tout ce que peut contenir un objet, les souvenirs enfouis, les bonheurs oubliés, les blessures et les secrets qui peuvent en jaillir. J'essaie juste de trouver une réponse à la question qui me tourmente : quand on perd sa mère, qu'est-ce qu'il reste ?

Qu'est-ce qu'il reste ?

Les magnolias

Les magnolias étaient en fleur en ce matin de mars, du jamais vu si tôt, de mémoire de mère, que cette explosion de rose en hiver encore, une vraie merveille, elle me le racontera chaque année, le jour de mon anniversaire, en plantant des bougies torsadées dans un gâteau orné de Smarties, de mimosas en sucre et de coccinelles, et sans que cela soit dit, je devinerais que la merveille toute rose de cette fin d'hiver, c'était moi.

Je me souviens, sous les bougies, des anges en bois peint. Mon préféré avait un habit couleur lait fraise, les cheveux caramel, et un tutu de glaçage collé sous le ventre quand on le détachait du gâteau. Je me demande où il est passé ?

Comme tant de choses. Comme elle.

Pour une raison mystérieuse, les coccinelles m'émerveillaient plus que tout. Peut-être parce qu'elles n'apparaissaient qu'aux anniversaires, scintillantes et bombées sous le papier métallisé. À la fin du goûter, le chocolat englouti, il ne restait que leurs pattes en carton sur la table, telle une araignée lugubre.

J'ignore si elle a vu les magnolias en fleur par la vitre d'un taxi qui l'emmenait, elle et son ventre énorme dans lequel j'étais pour quelques heures encore, ou si c'est mon père qui l'a conduite dans la Borgward Isabella Cabriolet, ce dauphin bleu qui émettait, grâce à son petit océan intérieur – des litres d'eau de pluie stockés dans les plis de la capote – un bruit de vagues dans les virages.

On oublie de demander les choses.

Il faudrait sans cesse poser des questions.

J'imagine qu'elle a souri quand on l'a installée dans la chambre 14 de la clinique Bois-Gentil. Qu'elle y a vu un heureux présage, un clin d'œil du ciel du même azur que ses yeux, au-dessus des magnolias. Ainsi son premier enfant allait naître le même jour qu'elle, un 14, dans cette chambre n° 14.

Personne ne pouvait alors imaginer que cette jeune fille blonde de vingt-trois ans, serrant dans ses bras 3,350 kg de bébé tout chaud, choisirait un autre samedi 14 pour s'en aller. Personne ne pouvait imaginer les chagrins à venir, les drames.

En ce radieux après-midi de mars, la vie brillait immense et vierge sous les magnolias.

Le pistolet à chantilly

Ma mère me remplissait la bouche de chantilly au pistolet à crème.

Il me suffit de fermer les yeux pour retrouver cette volupté suprême, le mou sucré qui fait gonfler les joues. Puis j'en redemande, je tire sur la robe de chambre ou le volant du tablier, je suis dans ses jambes, pas plus haute que la table en formica jaune de la cuisine, et je veux de la crème.

J'ouvre le bec comme un oisillon affamé, l'attente est longue, elle décore de rosettes un gâteau ou un flan, mais elle finit par pousser le piston, et le bonheur envahit ma bouche. J'ai trois ans, quelque chose comme ça, et je ne connais rien de meilleur que ce shoot de chantilly. Cette sensation d'absorber un gros nuage.

Sous la table, il y a ses pantoufles chinoises, ces mules en soie noire, brodées de fleurs en perles, qui me suivront toute mon enfance. Maintenant ça suffit, elle dit. Mais je n'en ai jamais assez. Toute ma petite vie est concentrée sur le pistolet en plastique transparent, la crème dedans, bien serrée, se pressant contre les parois, créant des bulles ou des trous par endroits, ne demandant qu'à jaillir par l'orifice dentelé.

C'est toujours une histoire de nourriture, les mères. Je te nourris, je te mange, tu es ma chair.

Les chandeliers argentés

Ils sont réunis sur la table de sa cuisine. Des chandeliers achetés un peu partout, dans des brocantes, des marchés aux puces, des vide-greniers. Tous différents, mais tous argentés. Certains portent sous leur socle, au marqueur noir, une annotation à moitié effacée : *Pensacola, Venise, Moscou 94, Orbetello 1995.*

À sa mort, je les ai distribués à ses amies les plus proches. J'en ai gardé trois, que j'allume le soir comme j'allumerais sa présence, et imaginer que d'autres font de même, en même temps peut-être, est une pensée douce quand il fait noir.

Pense à quelque chose de joli

Pense à quelque chose de joli, me murmurait-elle à l'oreille quand je n'arrivais pas à trouver le sommeil, ou qu'un cauchemar m'en avait arrachée. Je réfléchissais, tentant de varier un peu d'une nuit à l'autre, mais je revenais toujours à Noël.

L'arbre étincelant, son apparition subite dans le salon, pur émerveillement, effluves de forêt, les cadeaux sous les branches, bien sûr, mais surtout les guirlandes, les boules, les oiseaux aux queues en franges de nylon translucides et souples comme des moustaches de chat, le parfum de cire chaude de vraies bougies rouges qu'il faudra ensuite gratter sur le parquet, les fins glaçons de verre torsadé, suspendus à du fil à coudre invisible, vert sapin, si fragiles qu'on ose à peine respirer en leur présence, le cliquetis du manège d'anges que la chaleur des flammes fait tourner, ding-ding-ding-diiing, sous une étoile dorée… Noël !

« Pense à quelque chose de joli ! » J'essaie, de toutes mes forces. Mais je suis un truc fêlé, plus tout à fait la même depuis sa mort.

À mon oreille pourtant, elle continue de chuchoter : « Pense à quelque chose de joli ! »

Alors je pense à elle.

Ce qu'elle aimait (1)

Mozart
les pâtes de fruits
le sorbet cassis
Maria Callas
les arcs-en-ciel
Edward Hopper
le gingembre confit
le cinéma
le Coca Light
les mésanges bleues
Elvis Presley
le basilic à petites feuilles
la couleur rouge
Venise

Le coupe-œuf

Parmi de nombreux objets plus précieux dont je me sépare sans regret, je sauve le coupe-œuf en plastique crème. Impossible d'abandonner cet ustensile avec sa grille de fils alignés façon guitare, sur laquelle j'ai testé tant de fois la résistance du métal comme celle de la pulpe de mes doigts.

L'herbe trop verte. Les fleurs trop jaunes. Le ciel trop bleu. Mon petit manteau rouge avec le col en peluche. Tout y est contenu.

Pâques. Encore plus magique que Noël, si c'est possible.

La lumière dans les brins d'herbe. Les pissenlits. Les boutons d'or. Les pâquerettes comme des étoiles en plein jour.

Tout est frais et croustillant. Les œufs bariolés, étincelants parfois, que je découvre blottis dans une touffe de primevères ou un trou d'arbre. Ce ravissement. Cet âge où on vibre à l'unisson du monde.

Je suis la prairie, les couleurs, les chants d'oiseaux. Je suis le printemps.

Cueillir les fleurs. Comme elles cèdent sous mes doigts, tantôt molles, crachant un peu de lait, tantôt poilues et sèches, menaçant de me couper, cette surprise de chaque tige, la découverte de tout.

Lui offrir le bouquet minuscule. Ses baisers.

Le panier en osier avec les œufs dedans, que je promène contre mes collants blancs. Ma fierté à la vue de mon butin.

Le soleil, les fleurs brillantes, une maman tout autour.

Plus tard elle m'avouera qu'elle piquait les œufs dans mon panier pour les cacher encore et encore, ma joie étant la sienne chaque fois que j'en trouvais un, ma joie à l'infini renouvelée.

Au retour il y aura la salade de pousses d'épinards, avec la sauce blanche spéciale et les rondelles d'œuf dur couchées dessus. La salade qu'on ne mange qu'à Pâques. Et les lapins en gelée rouge, les petits œufs en sucre multicolores, dont les mauves ont un goût de violette, et ceux qui imitent des œufs au plat, au dos trempé dans du chocolat, tellement sucrés que les dents hurlent.

Aujourd'hui il reste le coupe-œuf, et cet émerveillement qui peut renaître, intact, quand le soleil éclaire de la bonne manière une prairie constellée de pâquerettes et de pissenlits, exaltant le jaune, la transparence des tiges, l'humidité de l'herbe, sous un ciel si bleu qu'on le croirait amplifié par un filtre alors que non, c'est juste le ciel de Pâques sur la tête des enfants.

La sauce blanche spéciale

Mélanger 1/3 de yaourt nature
+ 1/3 de mayonnaise
+ 1/3 de crème
+ un peu de sel
Verser sur les épinards au dernier moment.

La dilatation de l'espace

Je m'attendais au chagrin, au manque, au vide. Mais pas à ça.

Du jour où elle a disparu, l'espace s'est dilaté. Tout est devenu trop grand, le ciel surtout, mais aussi les arbres, les nuages, les paysages étirés à l'infini, enflés et mouvants, comme dans un miroir déformant ou un cauchemar.

Un sentiment de panique me saisit dès que je marche en terrain dégagé. Les promenades à la campagne ou en bord de mer me terrifient. Même le sol semble me trahir parfois, ondulant sous mes pas, menaçant de m'engloutir. Je me terre. Je n'ose en parler à personne.

Le ciel prend toute la place et je suis minuscule. J'ai le vertige, je perds pied, elle a lâché ma main et je tourbillonne sans fin, lâchée dans l'univers immense immense immense et noir, je suffoque, je lutte pour ne pas répéter ces mots à longueur de journée, les premiers sortis de ma bouche à l'annonce de sa mort, avant même les larmes et la douleur, et ça m'avait sidérée doublement, était-ce normal, cette panique qui prenait toute la place, me submergeant à la manière de ces vagues qu'on nomme scélérates, ces vagues si hautes, imprévisibles et violentes, qui se forment sans raison, comme jaillies de nulle part ?

Je me revois, en ce radieux matin de septembre, assise sur les marches du porche où j'étais sortie car le portable captait mal – à croire que lui non plus ne voulait pas transmettre la nouvelle que je refusais d'entendre, la hachant en tout petits morceaux inaudibles –, hébétée, incapable de me relever. Pendant un long moment je n'ai pu que crier ces mots, crier sans son, muette soudain : Au secours ! Au secours ! Au secours !

Par un de ces mystérieux reflux de mémoire, me revient une autre expérience de dilatation de l'espace. J'ai très peu d'années, et souvent ma mère m'emmène voir les animaux au Bois de la Bâtie. Les petites chèvres, les biches, les cygnes.

Elle est assise sur un banc, et je rassemble mon courage pour m'approcher des canards, ce qui signifie m'éloigner d'elle. À chaque pas, je me retourne pour m'assurer qu'elle est là, et quand enfin j'atteins le grillage derrière lequel barbotent mandarins et sarcelles, je leur lance vite mes quelques miettes avant de la rejoindre en courant, effrayée et fière et grisée par l'exploit.

Une vingtaine d'années plus tard, de retour au Bois de la Bâtie pour promener mon chien, je tombe sur le parc aux biches, la mare aux canards, le banc où s'asseyait ma mère les après-midi de beau temps... Mais est-ce possible ? Au téléphone je l'interroge, et elle me le confirme en riant : du banc aux canards, il y avait à peine cinq mètres.

Peu après, c'est sur un autre banc qu'elle passera des heures, au fond de la classe de maternelle où elle vient de m'inscrire, car je me mets dans un état épouvantable dès qu'elle tente de quitter la pièce. À quatre ans comme aujourd'hui, la même terreur à l'idée qu'elle m'abandonne. Ainsi quoi qu'on fasse, on reste une petite fille toute sa vie ?

Il est encore trop tôt pour que je le comprenne, mais c'est précisément de cela qu'il s'agit quand on perd sa mère : un brutal retour à l'état d'enfant.

L'amphore

Il y avait ces jours où, à l'aide d'une minuscule clé dorée, elle ouvrait sa boîte à bijoux – un coffret recouvert de cuir crème, à l'intérieur capitonné de velours bougainvillée – et me permettait d'admirer, assise à côté d'elle sur le couvre-lit en chenille, ces trésors que je connaissais par cœur mais qui ne cessaient de m'émerveiller : le collier d'œufs au plat roses, les lanternes vertes, la torsade en or jaune qu'elle portait si souvent, la bague avec de minuscules pierres mauves…

J'en profitais pour demander à sniffer le muguet caché dans les dentelles du tiroir à culottes, et apparaissait alors la précieuse amphore de *Diorissimo*, couchée dans son écrin tapissé de satin tel un petit cercueil, dont le parfum libéré me procurait une extase quasi mystique.

L’obscurité

Je l’entends dans les couloirs, la nuit, mon pôv’ chou, elle dit, et c’est exactement sa voix, ses mots, sa façon de les dire, une musique de mère compatissante et tendre, mon pôv’ chou, elle dit, je suis désolée d’être morte, si j’avais su que tu serais aussi triste, j’aurais attendu un peu…

La scolopendre

La porte-fenêtre de la chambre est ouverte sur une terrasse grande comme un pont de navire, dominant les sables de Beyrouth. Parmi les enfants des invités, il y a Bénédicte, treize ans et demi, presque une dame, avec sous son pull des seins hypnotisants, menus et durs comme deux pêches de vigne. Son petit frère s'appelle Bernard, et avec eux et d'autres, dans la lumière bleutée, on se force à des jeux embarrassés, ces rigolades forcées entre enfants inconnus qui ne se reverront sans doute jamais mais que lie, le temps d'une soirée, une amitié factice et mélancolique.

De l'autre côté du couloir, nous parvient le brouhaha du cocktail, les cubes de glace dans les verres, la musique, les bracelets, les rires sonores d'hommes de toutes sortes de pays qui, le soir, viennent croquer des mélanges de noix salées dans les bols argentés.

La plupart de nos jeux tournent autour des caisses en bois disséminées sur la terrasse, vestiges de la grande traversée de notre vie – meubles, jouets, livres, disques – de l'appartement de l'avenue William-Favre (embrassant les grands arbres bruissants du parc où j'ai appris à marcher) jusqu'à cet immeuble aux sols glacés de marbre, près de l'aéroport de Khaldé.

Et soudain je la vois, surgissant telle une furie du cocktail diplomatique – comment a-t-elle su ? l'un de nous a-t-il crié ? – avec son chignon et ses boucles d'oreilles qui brillent. Elle écarte les enfants, les siens quatre et les autres, les pousse dans la chambre en leur ordonnant de ne pas bouger, et seule dans l'obscurité, élégante et blonde et incongrue sur ce balcon suspendu au-dessus du désert parcouru de cavaliers à cheval et de chars blindés parfois, en robe du soir et escarpins scintillants, elle déverse une bombe d'insecticide sur le monstre qui s'en fiche, la nargue de son million de pattes et sa queue gigotante, hideux et invincible. Alors, comme le héros des contes terrassant le dragon, elle l'achève de ses talons carrés, dorés, maternels. Puis elle l'arrose d'essence à briquet et y met le feu.

Une scolopendre, nous dira-t-elle ensuite. Une sale bête à la piqûre mortelle. Si vous en revoyez une, surtout ne vous en approchez pas !

D'une main effleurant les épaules, elle rassure le flot de mamans échappées du cocktail, une nuée de paillettes et de voix agitées, qu'elle reconduit au salon.

Du haut de mes sept ans et demi, j'ai vu ce soir-là ce qu'elle était sous la blondeur et la soie, et qu'elle serait toujours : une lionne prête à tuer pour protéger ses petits.

La musique qu'elle aime

Mina (*Un anno d'amore*, sa chanson préférée)
Leonard Cohen
Patsy Cline
Dolly Parton
Elvis Presley
Luciano Pavarotti
Luigi Tenco
Claude Barzotti
Mozart
Billie Holiday
Chopin (surtout si c'est moi au piano)
Les chansons italiennes
Le fado
Le gospel

Les bijoux en émail

Sur le petit grill électrique et rond, format barbecue de poupée, elle dépose délicatement les plaques de cuivre. Des carrés, des ovales, des rectangles sur lesquels elle a dessiné des roses, des poissons ou des chats, saupoudrant de poussière de verre les chablons découpés aux ciseaux à envie dans du papier machine.

Les couleurs sont rangées dans des fioles transparentes, du diamètre d'un crayon, qu'elle libère d'un léger coup d'ongle laqué de blanc nacré, ploc-ploc, un grain après l'autre, patience insensée lorsqu'il s'agit d'esquisser les moustaches du chat ou les épines de la rose.

Il ne faut ni respirer ni trembler pendant le voyage de la plaque – en équilibre sur la spatule coudée – jusqu'aux filaments rougis du grill. Attendre la fusion, la transformation, le refroidissement.

Puis à l'aide de colle Araldit et d'accroches diverses, transformer les émaux en bijoux.

Naquirent ainsi des boutons de manchette pour mon père, des pendentifs, des clips d'oreilles, des bagues, et dans la boîte en carton jauni retrouvée au fond du garage, des dizaines de plaques de cuivre abandonnées, sans doute jugées décevantes, dans lesquelles demeure cependant celle qu'elle était alors : une jeune femme qui rêvait peut-être de liberté, d'autres possibles, étudier l'art, créer du beau, utiliser tous ces dons enfermés avec elle dans l'appartement où dorment ses enfants.

L'éternité

J'ouvre les yeux et elle est toujours morte.
Tous les matins ça recommence.
Cette impression de cauchemar quand au réveil
on croit avoir rêvé, mais non.
Dégringoler dans le puits noir.
Apprendre à vivre avec ça.
L'éternité de l'absence.

Le fouet orange

Il doit dater des années 1970, avec son manche orange et le petit détail façon rondelle de bakélite. Orange comme ma cuisine, ça tombe bien.

Sur le manche en plastique fendu, cuit par le temps, on peut lire DR. OETKER - made in Germany. Il peut se désintégrer à tout moment et tomber en morceaux dans les œufs battus ou la pâte à gâteau, alors grande est la tentation d'en utiliser un autre, et faire de celui-ci un objet de déco, un souvenir sous verre.

Malgré ma peur de le perdre, j'aime l'idée d'utiliser le même ustensile qu'elle, de répéter ses gestes, de prolonger la vie d'un fouet à l'origine de tant de clafoutis à la cerise, de crêpes à la confiture, de pains perdus à la cannelle, d'omelettes et de flans, sans oublier le « Barbarakuchen » dans tous ses états (glacé au citron, farci de pommes ou de chocolat râpé) et son célèbre gâteau retourné à l'ananas.

Et puis elle dirait qu'il faut utiliser les choses.
Elle dirait qu'il faut vivre.
J'essaie de faire les deux.

La recette du gâteau retourné
(qu'elle fait souvent parce que c'est facile et rapide et pas cher et joli, et que tout le monde aime ça)

Égoutter les rondelles d'une grande boîte d'ananas.

Faire fondre doucement 125 g de margarine.

Graisser un moule à tarte avec 1 grosse cuillère à soupe de margarine fondue. Saupoudrer de sucre. Disposer les rondelles d'ananas l'une à côté de l'autre dans le moule.

Fouetter 3 œufs + 1 tasse de sucre. Ajouter la margarine, puis 1 tasse de farine + 1 pincée de sel + 1 cuillère à thé de poudre à lever, et fouetter encore. La pâte doit être tout juste encore coulante. Verser sur les ananas. Cuire env. 15' dans le four préchauffé à 180 °C.

Démouler en retournant le moule sur un plat.

Le sari émeraude

Cinq mètres et demi de soie vert émeraude, miroitant de fils d'or comme si ses cheveux avaient été tissés dedans.

Au-dessus du sari drapé autour de son ventre nu – les plis glissés en éventail dans le cordon du jupon, le tout sécurisé par une épingle à nourrice parce qu'on ne sait jamais, c'est vite fait de se prendre les pieds dans l'étoffe, surtout quand on n'est pas indienne –, elle porte un chignon haut et gonflé, une sorte de dôme irisé de laque, crêpé avec le peigne très fin dont le manche est une pointe en métal.

Le murmure de la soie, frôlant ses sandales dorées, quand elle approche de la chambre.

Elle entre dans ce remous, cette houle verte qui en même temps m'éblouit et me désole car elle annonce son départ, et qui sait si elle reviendra, les mamans ça disparaît, confusément je le sais déjà. Il y a bien sûr une baby-sitter quelque part dans l'appartement, Ursula, Uschi ou une autre, mais sans elle je suis toujours seule.

Quand elle se penche pour m'embrasser, j'entrevois les lanternes minuscules à ses oreilles, des rectangles de malachite enlacés de filigrane doré, que son époux, mon père, lui a rapportés de Goa.

Sur ses lèvres il y a ce rouge que je renifle dans le tube godronné, une nuance de framboise qui la rend spécialement belle, et c'est encore plus cruel qu'elle s'en aille pour être belle ailleurs, loin de moi, je veux qu'elle reste ici pour la regarder et avoir sur moi ses yeux si bleus.

Elle me tend alors, consolation suprême, un livre de la Bibliothèque rose, et disparaît dans la nuit. J'enfouis ma tête dans le parfum de papier, respirant ses promesses avant d'y plonger, mais les romans se dévorent bien trop vite et ne la remplacent pas. *Oui-Oui au pays des jouets. Les Petites Filles modèles. Enlèvement au club des cinq. Isabelle et la fée. Fantômette et l'île de la sorcière.*

Les livres roses avalés, la nuit est toujours aussi noire. Alors j'invente d'autres histoires, dans ma tête, puis dans des cahiers. Mon premier roman – tapé à la machine avec deux doigts, sur des feuilles découpées au format livre de poche – s'intitule *Mystère à Casablanca*.

J'ai neuf ans, et déjà je tente de compenser son absence par l'écriture.

La ribambelle

Ma mère aussi a perdu sa mère. Sa mère qui a vécu le même chagrin avant elle. Tout comme sa grand-mère. Et la mère de celle-ci. Une ribambelle de mères orphelines et inconsolables, main dans la main jusqu'aux balbutiements du monde, dont je suis le dernier élément.

Cette image me réconforte. La vision de tous ces malheurs, reliés par une sorte de logique, d'une certaine manière, les adoucit. Si elles ont réussi à surmonter cette épreuve, ce déchirement annoncé et pourtant stupéfiant, ce deuil impossible à préparer, pourquoi pas moi ?

J'essaie de me souvenir du jour où ma mère a perdu la sienne, de ce jour et des suivants, mais c'est un été comme un autre.

Je n'ai pas oublié ma grand-mère. Et tant que je me souviens d'elle, elle existe là-bas à Haagen, au sud de la Forêt-Noire, avec son tablier à carreaux, ses bouclettes fabriquées à l'aide de longs bigoudis maigres, et son grand chat mou, au pelage couleur de vache, qu'elle appelle Peterli en ronronnant comme lui.

Un tonneau de bois est posé sous la gouttière de sa maison, dans lequel elle puise l'eau pour arroser les plantes. Des plantes qu'elle chérit plus que ses enfants, c'est du moins ce que lui reproche sa fille. C'est sans doute faux. N'empêche qu'on ne peut aérer la moindre pièce, les anthuriums, kalanchoés, saintpaulias et autres créatures tropicales squattant les abords et rebords de toutes les fenêtres.

Chez elle les vitres sont en permanence couvertes de buée, de grosses gouttes de sueur de fleurs, et on baigne dans ce brouillard, dans cet air saturé d'eau pour le seul bonheur des plantes. Avant d'aller dormir, il faut placer une bouilloire en métal brûlant au fond du lit – un engin en cuivre ovale, rempli de braises de charbon –, et quand on s'y glisse ensuite, on frémit de dégoût au contact des draps malgré tout humides et glacés.

Derrière la maison, se trouve l'endroit que je préfère : un bac à sable rempli de terre de jardin odorante et brune, où je joue pendant des heures avec ma pelle en plastique. Ma passion pour le jardinage, les cyclamens, les plantes grasses, mon lien très fort à la terre, mon ivresse à son odeur, c'est à ma grand-mère que je le dois.

En complément du jardin où les glaïeuls, dahlias, zinnias, capucines, marguerites-pompons, œillets et levkoyas s'emboîtent comme les pièces d'un puzzle compliqué, il y a le potager où on se rend à vélo. C'est là que je goûte à mes premiers petits pois frais, blottis dans une cosse à l'intérieur luisant, d'une douceur inconnue, avant de tirer sur la dentelle des carottes ou la jupe piquante et froissée des radis qu'on croquera au goûter.

À peine descendues de bicyclette, on les coupe en rondelles qu'on dispose sur de grosses tranches de pain beurré, tentant de répondre, tartine après tartine, à cette insoluble question : est-ce meilleur si on met le sel tout de suite sur le beurre, ou seulement à la fin sur les radis ? J'hésite encore.

Vers la fin de l'été, dans la cuisine aux vapeurs de hammam, elle prépare de la confiture de mûres – de la « gomfi » – dont le parfum de fleur noire et de sucre embaume la maison.

Certains pots, mes préférés, contiennent la seule écume mauve des fruits, qu'on étale sur le pain sans attendre, tandis que de longues bouteilles fermées par un bouchon de céramique se remplissent d'un sirop riche en pulpe.

Parfois elle ouvre la cage aux perruches, pour qu'elles se dégourdissent les plumes. Elles volètent dans la pièce, bleues et vertes et folles, avant de se choisir un perchoir, ma tête par exemple. Je sens encore le chatouillis un peu inquiétant des griffes sur le cuir chevelu, mêlé à l'émoi de vivre un instant magique.

Un après-midi d'ennui, je ramasse une grande quantité d'escargots, des énormes et des minuscules, pas plus grands que mes ongles d'enfant, que j'installe à la cave dans un carton, avec des feuilles de trèfle et des bouts de salade pour qu'ils ne meurent pas de faim. Quand ma grand-mère y descend, quelques heures plus tard, on l'entend crier jusqu'au fond du jardin. Il y a des escargots partout : sur le sol (probable qu'elle a commencé, dans un craquement immonde, par en écraser quelques-uns), sur les murs, au plafond, partout, rampant vers nulle part tels des somnambules. Elle est furieuse, je ne comprends pas pourquoi. C'est mignon, les escargots. Et puis je n'avais pas pensé qu'ils sortiraient de la boîte.

De l'autre côté de la maison, se cache la barre à tapis sur laquelle je fais le cochon pendu. Et la voisine Marita, qui a la télévision. Ensemble on regarde *Der Räuber Hotzenplotz*, dont la chanson du générique tourne encore dans ma tête.

Les jours de pluie, ma grand-mère nous donne des ciseaux et une pile de catalogues *Quelle* périmés, épais comme des bottins téléphoniques, dans lesquels on découpe, des heures durant, des dames en gaine, *dirndl* ou soutien-gorge de dentelle aussi raides que des armures, tandis qu'à l'autre bout de la table elle trempe de longues tomates San Marzano dans un monticule de sucre, avant de les croquer comme de grosses fraises.

Bien qu'elle ait quitté ce monde depuis plusieurs décennies, elle me reste très proche, dans la ribambelle je pourrais presque prendre sa main, alors que personne ne prendra la mienne, jamais, après moi il n'y a plus rien, aucun enfant qui me pleurera et tant mieux, il faut que ça s'arrête, je ne veux causer ce chagrin à personne, je suis la dernière figurine de cette guirlande de mères, une usurpatrice, même pas mère, juste une fille qui pleure la sienne, une petite fille pour toujours, à l'extrémité d'un ruban agité par le vent. Mais je ne m'envolerai pas, je le sais à présent, une chaîne de mains maternelles me tient fermement, me raccroche à la vie, m'empêche de m'évaporer dans le néant.

Les iris de Luise Ruegg

C'est une espèce qui n'existe plus. Un tout petit iris gracieux, aux allures de papillon et au parfum de prune. Le souvenir d'une autre grand-mère, la sienne, refleurissant chaque printemps.

Il faut se baisser pour découvrir les fleurs – leurs différentes nuances de violet, leurs marbrures éclairées de jaune – au milieu de ce qui ressemble à un îlot d'herbes coupantes. Quand j'en cueille une avec respect, pour respirer son sucre acidulé avant de la glisser dans l'eau d'une bouteille de Campari soda, c'est le geste de ma mère que je perpétue, la griserie du parfum que je savoure doublement, pour elle et pour moi.

Ces iris ont d'abord fleuri dans notre jardin d'enfance.

Comme un souvenir, sa présence fidèle.

Elle adorait cette grand-mère. C'était son idole, son bonheur, son modèle. Luise était rieuse et gourmande, affectueuse, diabétique à force de pâtisseries.

« Deux moitiés, c'est pas un entier ! » disait-elle en reprenant une demi-part de gâteau, puis l'autre.

Lorsqu'à vingt ans je quitte le nid, ma mère déterre une touffe de ces rhizomes pour que je les plante dans mon premier jardin. Je n'en mesure pas la valeur symbolique sur le moment. Elle non plus, peut-être. Mais, à chaque déménagement, ce sera la seule chose que j'emporterai de mon jardin pour le replanter ailleurs.

Aujourd'hui la maison familiale a été vendue, rénovée, transformée, la terre retournée, plus l'ombre d'un iris au parfum de prune, mais ils continuent de fleurir chez moi, au début de chaque printemps, et Luise Ruegg est toujours de ce monde.

Ce qu'elle aimait (2)

le soleil
les chansons de Mina
les petites figues vertes
les After Eight
les hiboux et les chouettes
les muscaris
les mots croisés
Billie Holiday
les serviettes en coton nid d'abeille
les trompe-l'œil
les cantucci
les forêts
Piero della Francesca
un certain bleu un peu comme ses yeux

Venise

La ville de son cœur. Un amour fou. Une obsession. Elle y retourne encore et encore, de ses vingt ans à la presque fin, par le train de nuit.

Pendant des journées entières, elle parcourt les ruelles et les ponts, flâne, explore, se perd, parle avec les chats et les lions de pierre, prend des photos et le vaporetto, s'imprègne des effluves de la lagune, absorbe toute cette beauté onirique.

Un jour à Ischia, un chauffeur de taxi lui demande quelle est sa ville préférée en Italie. Venise, répond-elle sans hésiter. Mais Venise n'est pas une ville, c'est un rêve !, dit-il. Elle aime le répéter. *Un sogno.*

Pour prolonger ses errances vénitiennes, elle se prend de passion pour les romans policiers de Donna Leon, regarde *Pane e Tulipani* une dizaine de fois, et *Mort à Venise* bien sûr, mais elle n'aura pas le temps de réaliser ce projet dont elle parlait de plus en plus souvent : louer une chambre, même modeste et minuscule, pour vivre quelques mois la vie des Vénitiens. Et peut-être ne plus repartir, qui sait ?

Cette idée de la fugue, de l'escapade, je crois que c'était en elle depuis toujours. Prendre le volant, sauter dans un train, se retrouver ailleurs, nulle part, envolée, cette possibilité-là. La liberté, le vent dans les cheveux. D'ailleurs n'a-t-elle pas commencé par fuir sa destinée ?

Si elle n'avait pas eu d'enfants, elle aurait adoré être hippie, aller à Woodstock, s'habiller de batiks mauves, traîner pieds nus dans les prairies fleuries, mais les enfants (les faire, les découvrir, les chérir) c'est ce qu'elle aimait le plus au monde. Les siens et les autres. Les enfants de partout et de tout le monde.

Il reste donc Venise. La ville de notre premier voyage ensemble. Elle jeune mariée éblouie, moi lovée dans son ventre.

Ces lieux qui l'ont vue si souvent, qui ont vibré sous ses pas, ses mains sur les pierres posées, tous ces ponts traversés, ces piazzette, ces jardins, ces eaux vertes sur lesquelles a dansé son reflet, d'une manière secrète et silencieuse, me reconnaîtront.

Là-bas, je le sais, quelque chose d'elle me sera rendu.

La vie des objets
(épisode 1)

Quand vient l'heure tant redoutée de vider son appartement, je me dis que les objets devraient se volatiliser à la mort d'une personne, disparaître avec elle. Que ce serait moins lourd, moins douloureux. J'ouvrirais la porte et tout serait vide. Aussi vide que moi.

J'avais tort.

Alors que jamais je n'ai reçu autant de messages de soutien, *oh ma pauvre, je pense bien à toi, ça doit être si dur, courage*, vider son appartement a été une consolation.

Chaque fois que je pousse la porte vitrée, au bout de la coursive décorée de bottes de roses séchées et de corbeilles suspendues – sa collection de bouteilles trop jolies pour être jetées, la lanterne marocaine rouillée, les succulentes dégoulinant du pot en terracotta, la cruche en porcelaine qui lui sert d'arrosoir, posée sur la table aux lattes de bois gris-bleu –, chaque fois que je franchis cette porte, je suis avec elle.

Il y a son odeur fantôme de Chanel N° 5 et de poudre de cacao, flottant dans la poussière des livres, sa calculette et ses lunettes sur la table, le *Panier de fraises des bois* de Chardin collé au frigo, le chargeur du Nokia dans la prise, les coussins de soie bleue sur le canapé encore plus bleu, les cailloux peints et les fossiles sur le rebord de la fenêtre, les chandeliers argentés, les trèfles à quatre feuilles dans leurs cadres de bois clair, les œufs en sucre dans le bol décoré de myrtilles, toutes ces choses qu'elle a choisies, assemblées et aimées, dans lesquelles un peu de sa vie palpite encore, et je suis lovée au creux d'elle comme je l'ai toujours été.

Je te fais un café ? elle propose, tournoyant autour de la table en me racontant mille choses à la fois, toute joyeuse de ma présence. Ou alors un chocolat chaud ?

Si je le pouvais, je garderais cet appartement tel qu'il est, un reliquaire sous une cloche de verre, un mausolée où je viendrais la retrouver, me blottir dans le souvenir de ses bras de cachemire marron glacé. Mais la régie immobilière est sans pitié, 31 octobre, état des lieux, restitution des clés.

Elle ouvre un paquet de cookies. Le soleil glisse entre les branches du magnolia pour s'alanguir sur le carrelage. Les sacs, les cartons. L'intimité de sa chambre. Feuilleter les livres, vider les tiroirs et les poches, ne rien oublier, ne rien perdre.

Le chagrin grandit à mesure que son décor se délite, mais l'effacement progressif de sa présence au monde me la rend étrangement plus mienne encore. Que chaque objet passe par mes mains avant de s'en aller – tout comme elle – vers un ailleurs inconnu, c'est un adieu démultiplié, une homéopathie du deuil.

Noël, un an plus tard. Effrayant et définitif.

Si elle ne revient pas pour Noël, elle revient quand ?

Dans la lumière dansante du sapin, on pioche des litchis dans la coupe en verre taillé qu'elle aimait tant – celle qui trônait sur sa table de cuisine, chargée de pommes et de clémentines, et qui lui venait de sa mère, il me semble –, des cierges rouges brûlent dans les bougeoirs rapportés de ses divers voyages, et le saumon fumé est couché sur un ravissant plat ovale découvert dans son buffet, et aussitôt adopté. Même si personne ne le sait, elle fête Noël avec nous.

Les objets, pour qui on a si peu de considération, possèdent des pouvoirs insoupçonnés. Leur existence, souvent bien plus longue que la nôtre, est fantasque et plurielle, gorgée de souvenirs superposés.

Je pense qu'elle le savait, quand dans une brocante elle adoptait un service à thé, un petit tableau assez mal peint ou un drap brodé, qu'il y avait là une tendresse, une pensée émue pour cette vie déjà oubliée, et l'idée peut-être d'un futur où cette tendresse lui serait retournée.

La petite Heidi

Tout le monde l'appelle Heidi. Elle a des nattes aussi claires qu'un rayon de lune, pas de chaussures, mais un hibou.

C'est presque une enquête policière. Il reste si peu de son enfance – plus de témoins à interroger, plus de famille en vie – qu'il faut noter le moindre détail, même insignifiant, le plus petit souvenir qui pourrait aider à reconstituer la vie de cette fillette blonde née à Brombach, en Forêt-Noire, à un jet de pierre de la frontière suisse.

Est-ce normal d'en savoir si peu sur sa mère, de n'avoir pas écouté ou pas retenu ses récits du passé, comme si avant d'être mon ciel elle n'existait pas ?

Tout le monde l'appelle Heidi, alors qu'elle a été baptisée Erika. Elle est vive et joyeuse, travaille bien à l'école, a deux grands frères (dont un au paradis) et un père qui est son héros. Heidi a un hibou comme d'autres ont un chat. Elle dit hibou quand elle en parle, car c'est le seul mot qu'elle connaisse en français pour le désigner, mais en fait de hibou c'est plutôt une chouette. Hulotte, sans doute. Ce hibou-chouette, qu'elle a comme d'autres ont un chat, se comporte justement comme tel. Il est câlin, il ferme les yeux

quand on lui parle, il ne ronronne pas mais c'est tout comme, il a un minois en forme de cœur et une tête duveteuse qui vient se blottir dans son cou. Elle l'adore.

Comment s'appelait-il ? Encore une question qu'il aurait fallu poser plus tôt. Comment l'a-t-elle eu ? Un oisillon blessé, je crois, ou alors j'imagine.

Heidi a un ami aveugle, un homme à qui elle rend visite après l'école. Ils ont de longues conversations, il reconnaît son pas de loin, même silencieux dans le corridor, et ça l'épate. Il voit son visage sans l'avoir jamais vu, elle en est convaincue. Elle en parle souvent, c'est quelqu'un d'important dans sa vie d'enfant, un ersatz de père peut-être. Le sien est au front et ne sera plus qu'une ombre quand il en reviendra.

Elle dit la faim terrible, pendant la guerre et surtout après, le pain infâme à base de farine de glands, les vers de terre, vraiment plus rien à manger en Allemagne, tellement faim qu'on essaie d'avaler n'importe quoi, tellement maigre que vers ses quatorze ans on l'envoie se remplumer chez une tante de Saint-Gall, en Suisse, où la nourriture ne manque pas. Les placards toujours remplis de gâteaux, biscuits et tablettes de chocolat, cette abondance de sucre dans laquelle on a le droit de puiser tant qu'on veut, c'est de là que ça vient. Ses enfants ne doivent être privés de rien.

Elle dit encore le froid, souvent pas de vraies chaussures, semelles en papier journal, pieds trempés et glacés au retour de l'école. Plus rarement et de manière évasive, elle évoque les horreurs vues bien trop jeune, les blessures effroyables, les gueules cassées, et aussi ces gens qu'on cachait dans le foin de la grange, dont un Polonais qui resta longtemps, si je me souviens bien.

C'est dans la forêt qu'elle est vraiment heureuse, entourée de fougères et d'oiseaux. Dès qu'elle en voit une, il faut qu'elle y pénètre, comme aimantée. Me revient ce jour où, alors que je viens d'emménager à l'orée d'un bois, aussitôt elle s'y précipite. Je crie non, n'y vas pas, c'est détrempé sous le tapis de feuilles mortes, tu vas t'enfoncer dans la vase, mais impossible de l'arrêter, telle une biche elle s'élance entre les chênes, et bientôt revient penaude, ses ballerines crottées, de la boue jusqu'aux chevilles.

L'autre bonheur de son enfance, c'est la découverte de la lecture. Avec deux classiques de la littérature allemande pour la jeunesse : *Max & Moritz* (1865) et *Der Struwwelpeter* (1844), aujourd'hui dans ma bibliothèque.

Le premier, du poète et illustrateur Wilhelm Busch – un précurseur de la bande dessinée –, raconte en images et en vers, imprimés en caractères gothiques, sept bêtises commises par Max et

Moritz, deux sales gamins rebelles à toute autorité. Après avoir torturé des poules, saboté un pont et éventré des sacs de grain (entre autres), ils finiront broyés dans un moulin et donnés en nourriture aux canards.

Le second, créé par Heinrich Hoffmann, est l'histoire d'un enfant désobéissant qui ne se laisse couper ni les ongles ni les cheveux, d'où sa crinière hirsute et ses longues-longues griffes.

Je cherche encore. N'importe quel détail, même anodin. Elle a une meilleure amie, Annelies – coup de foudre de l'école maternelle, yeux noirs dans yeux bleus, aussi brune qu'elle est blonde –, dont elle restera proche tout au long de sa vie. Et deux copines nommées Elfriede, habitant le même village. Pour les différencier, on disait Elfriede la catholique et Elfriede la protestante. L'une était plus marrante que l'autre, j'ai oublié laquelle.

Un jour, un écureuil qu'elle essayait d'apprivoiser l'a mordue, transperçant son tendre doigt d'enfant à la manière d'une poinçonneuse. Elle n'a jamais oublié l'intensité de cette douleur, mêlée de surprise et de déception.

C'est un grand mystère, ce qu'on emporte de l'enfance, ce balluchon d'images et de sensations, ce précipité impossible à deviner sur le moment – ce qui se cristallise et ce qui se dissout, chimie imprévisible –, ce qu'on sauve d'une enfance pour le confier à une autre, créant des souvenirs de souvenirs qui, un jour peut-être, finiront sur le papier pour s'envoler vers d'autres têtes, se mêler à d'autres souvenirs, dans un vain espoir d'éternité.

Ses fleurs préférées

Les pensées – surtout les toutes petites (*Viola cornuta*), pour leur minois poétique.

Les violettes – dont elle fait des bouquets minuscules, liées par du fil à coudre, avant de les glisser dans un verre à liqueur ancien et finement gravé.

Les roses – surtout grimpantes, chiffonnées, anciennes, et celles au parfum et à la couleur de flan, qui cascadent sur le balcon, derrière l'étendage à lessive.

Les muscaris et les petites fleurs bleues en général : myosotis, campanules, pervenches…

Les tulipes. À une époque, les gerberas aux couleurs folles et aux têtes soutenues par du fil de fer couleur tige.

La pivoine arbustive de son jardin, aux corolles larges et blanches comme des soucoupes.

Les iris de sa grand-mère favorite.

Les contes de fées

C'est dans le parc du château du Crest, un ravissant château tout en tourelles, au milieu des vignes et des grands arbres, qu'elle me raconte les contes de fées de son enfance – ceux des frères Grimm –, et il me suffit de lever la tête pour apercevoir la tresse dorée de Rapunzel dégringolant d'une fenêtre, là, sous le toit pointu comme un chapeau de lutin, ou la neige qui tombe des édredons secoués par Frau Holle, dans les nuages de chantilly au-dessus de nos têtes.

Elle aime cet endroit qui ajoute de la magie aux contes, et nous y allons souvent, les après-midi de beau temps. Les propriétaires nous ont sans doute vues, mais n'ont rien dit. Une maman d'une vingtaine d'années, racontant des histoires à sa petite fille, au milieu des bordures de buis et des touffes de fleurs roses, ça devait faire un joli tableau.

Ce n'est que bien plus tard qu'elle apprit, un peu confuse, que ce château était un domaine privé.

À l'heure du coucher, en plus des contes de fées, il y a les chansons avec lesquelles elle me berce tout en apprenant le français… *Il était une Dame Tartine, dans un beau palais de beurre frais… Où vas-tu Basile avec ce bouquet joli ?… J'ai descendu dans mon jardin, pour y cueillir du romarin…* des heures durant, jusqu'à ce que le sommeil l'emporte sur ma peur de croiser des crocodiles dans mes rêves… *Il était un petit navire… Le bon roi Dagobert… Trois jeunes tambours s'en revenaient de guerre…* et je découvre avec étonnement que ces comptines des premières années sont toujours là, gravées en moi comme son sourire, ses yeux, sa présence… *Sur le pont du nord un bal y est donné… Il pleut il pleut bergère… Alouette je te plumerai…* Rien ne s'efface, quoi qu'on en pense… *À la claire fontaine, m'en allant promener…*

Il y a longtemps que je t'aime, jamais je ne t'oublierai.

Le rayon fruits & légumes

C'est au supermarché que ça me prend le plus souvent. Après le frigo de smoothies, dans le virage qui mène au rayon fruits & légumes.

La pulsion est si violente que je crains chaque fois de ne pouvoir y résister et de m'écrouler au sol en hurlant « J'AI PLUS DE MAMAN J'AI PLUS DE MAMAAAN ! » sous le regard effaré des autres clients.

Sans doute qu'on m'enfermerait, sans voir que j'ai cinq ans. Quand on trouve une fillette qui a perdu sa mère, on la console, on la rassure, on lui parle doucement pour ne pas l'effaroucher, puis on l'emmène au stand d'information où une dame dit dans le micro la petite Zoé attend sa maman, et tout s'arrange.

Or non. Je reste là, cramponnée à mon caddie, et rien ne s'arrange. Je suis un petit enfant et personne ne le voit.

PLUS DE MAMAN. Toute seule. Pour toujours. Pour de vrai. C'est arrivé.

J'observe les autres clients. Si ça se trouve ils n'ont plus de maman, eux non plus, et pourtant ils pensent au dîner, au week-end, ils continuent. Comment font-ils ? J'ai cinq ans et j'ai peur.

Au cours des derniers mois déjà, quand j'entrais dans sa chambre d'hôpital – exactement comme Alice au pays des merveilles, mais sans avoir à grignoter le moindre bout de champignon –, je me mettais à rapetisser. J'ignore si c'est la poignée de la porte qui provoquait ça, ou l'odeur du couloir, les bouquets de fleurs tristes, mais chaque fois je me voyais rétrécir jusqu'à à peine atteindre la barrière du lit et ses boutons ornés de flèches.

J'ai cinq ans et je ne sais pas quoi faire.

J'aimerais qu'elle me console, mais ce n'est plus possible.

J'aimerais la consoler, mais c'est impossible.

Il n'existe pas de mots pour adoucir ce qui nous attend.

Le rayon fruits & légumes, je finirai par le comprendre, c'est la résurgence de tous les sms pianotés en le traversant, année après année : « Les kakis sont arrivés ! Je t'en prends combien ?… Tu veux des oranges Tarocco ?… des pommes Topaz ?… des figues ? » Le plaisir de lui faire plaisir. Et sa joie qui me répond. Les printemps et les automnes, dans une illusion d'éternité.

La vue des kakis m'est devenue insupportable. Quand approche la saison, j'évite le rayon.

La vie des objets
(épisode 2)

Souvent elle revient des puces avec un cadeau insolite qui l'enchante, impatiente de voir briller mes yeux comme les siens : une desserte en rotin sur ses roulettes d'un autre siècle, une jardinière en métal Art Déco qu'elle s'est empressée de farcir de renoncules, un compotier en verre charnu et strié comme un melon.

« Il faut toujours acheter quelque chose, nous répétait-elle à l'époque où nous allions au marché aux puces le samedi en famille. Même une toute petite chose à deux francs, pour soutenir les puciers, et pour qu'ils n'aient pas déballé leur marchandise pour rien. » Alors on achetait une peluche abandonnée, une broche en strass, un vieux livre de poche.

Aujourd'hui c'est le marché aux souvenirs que j'explore, à travers ses présents au fil des ans. La coupe en verre saumon gravé de cygnes, dont le pied est un poisson japonisant. Les ciseaux à raisin décorés d'iris. La chaise de jardin en volutes de fonte peints en vert. Le lapin-hochet à grelots d'argent. L'étagère à chapeaux en marqueterie de feuilles de chêne, son dernier cadeau. Tous ces objets qui la contiennent et la continuent.

Pendant ce temps, chez Caritas ou Emmaüs, où j'ai déposé de nombreux cartons, d'autres mères achètent des trésors ayant appartenu pour un temps à la mienne, et enchantées de leur trouvaille, l'offrent à leur fille, dans cette vertigineuse valse des objets à travers les siècles.

Les pastilles magiques

C'est une grande pastille blanche et plate qu'elle sort d'un flacon-tube quand la situation est sérieuse. Un médicament puissant, qui soigne à peu près tout, à commencer par les maux de ventre dont je souffre souvent. La pastille a un goût étrange et délicieux, et très vite le mal – d'estomac ou d'ailleurs – s'envole.

Plus tard, j'ai cherché à retrouver ce médicament, en vain. J'ai fini par lui poser la question, tu sais, ces pastilles blanches que tu nous donnais, mais elle ne s'en souvenait pas. Ça m'a déçue et étonnée. Comment avait-elle pu oublier le nom du remède qui soignait ses enfants malades ?

Et puis un jour, par hasard, j'ai reconnu dans un sirop le goût des pastilles magiques. Tout m'est revenu, plop, le bouchon blanc strié avec son ressort en dentelle de plastique, la pastille qui glisse hors du tube en métal jusque dans ma main, puis ma bouche… L'anis ! C'étaient des pastilles à l'anis. Des bonbons.

La fille dans le hamac

Dans quel jardin est accroché ce hamac ? Qui est la jeune fille brune à côté d'elle ? De quoi parlent-elles ? Qui a pris la photo ?

Qui était-elle avant que je la transforme en mère ?

On est en juillet et elle vient d'avoir seize ans. C'est tout ce que je sais. À la lumière de la loupe, je découvre que ce qu'elle tient à la main – que je prenais pour des lunettes de soleil – est une tasse de thé ou de café, ce qui semble périlleux dans un hamac, surtout le ventre nu. Mais ça lui ressemble.

Sans doute est-elle déjà comme elle sera par la suite : intrépide et joyeuse, bavarde, curieuse, pleine de vie, habitée par cette envie de s'amuser, de grappiller la plus petite parcelle de bonheur, de rire au nez du chagrin, qui force le respect et qu'elle gardera toujours.

On est en juillet, le soleil tamisé par les feuillages, la douceur de l'air.

Ce souvenir me déchire en morceaux.

Elle est étendue sur son lit d'hôpital, à quelques semaines de la fin, si maigre, si faible, transparente, on pourrait croire qu'il ne reste déjà plus que son âme, posée là sur le drap blanc, dans la touffeur de l'été torride et indifférent qui gonfle la chambre, m'empêchant de respirer moi aussi, noyant mes larmes dans la sueur, à moins que ce ne soit l'inverse, et voilà que, traversant le tableau d'arbres immobiles de la fenêtre ouverte, entre un souffle de brise, on le voit presque se couler dans la pièce, mousseline au vent, pour venir caresser ses joues, son cou, son front, et elle qui ne parle plus depuis longtemps, émet alors un « Aaaah » ravi, de sa voix de vivante que bouleversée je retrouve, et elle sourit, les yeux clos, belle et blonde et heureuse comme elle a pu l'être, savourant cet instant de pure volupté, le dernier sans doute mais il est là, il est sien, et ni les tubes, ni la douleur, ni l'approche du néant ne l'empêcheront d'y goûter.

Le moindre souffle de brise sur mon front est une torture désormais, mais une leçon de vie aussi.

Les conversations

« Qu'est-ce qu'on va encore pouvoir se raconter ? » demandait-elle au bout d'une heure de conversation téléphonique – alors qu'on avait mille autres choses à faire, mais aucune envie de se quitter –, confirmant ce qu'on savait toutes les deux : que le bonheur c'est de se dire des choses, bien plus que les choses qu'on se dit, d'être ensemble le plus longtemps possible, nos voix mélangées, reliées à nouveau par un cordon, cette félicité-là.

Alors on trouvait, ce n'était pas difficile. On aimait parler de tout. On était curieuses de tout. On pouvait passer des heures à babiller comme des oiseaux.

Pendant combien de jours, de mois, d'années, nous sommes-nous parlé ?

J'aimerais tant pouvoir composer son numéro, entendre la joie dans sa voix quand elle décroche – elle me parlerait une fois de plus de cette télépathie téléphonique qui lui permet de savoir quand c'est moi qui appelle, souvent bien avant la sonnerie, ou même de faire en sorte que j'appelle, si elle en a très envie –, lui dire regarde le ciel orange et mauve à l'ouest, regarde la lune, elle est incroyable ce soir, et on bavarderait jusqu'au cœur de la nuit.

« Was machen wir jetzt mit dem angefangenen Tag ? », disait-elle également. « Qu'allons-nous faire à présent de la journée entamée ? » Une expression qu'utilisait sa mère, ou sa grand-mère. J'y entends une responsabilité : maintenant qu'on a croqué dans une tranche de temps, il faut aller jusqu'au bout et en tirer le meilleur. Ne rien gaspiller.

Maintenant que j'ai commencé à vivre, il est de mon devoir de continuer.

Même sans elle.

La pochette de soie bougainvillée

La petite fille aux tresses blondes, celle qui n'avait pas de chaussures et trop souvent faim, porte ce soir-là un chignon banane, un sari de soie sombre chatoyant comme un lac nocturne et, serrée entre le coude et la taille, une pochette en shantung bougainvillée brodée de perles et de fils d'or, dans laquelle on peut tout juste caser un rouge à lèvres (son Max Factor – ou était-ce Astor ? – au parfum de bonbon à la framboise) et un miroir coupé à vif, caché dans la fente sur mesure.

La dame à qui elle sourit, c'est Indira Gandhi.

J'ignore où a été prise cette photo. À Bombay ? Genève ? Beyrouth ? Très loin en tout cas de la Forêt-Noire où la petite Heidi courait pieds nus dans les anémones.

Si quelqu'un est sorti de sa vie, à la manière du cheval de bois s'échappant du manège dans Mary Poppins, c'est bien elle.

Mon père aussi, ceci dit. De la jungle de Goa, où sur le chemin de l'école il croisait régulièrement un tigre avec lequel il fallait négocier – « Bonjour Monsieur Tigre, tu me laisses passer ? » –, à son bureau du B.I.T., sur les rives du lac Léman, avec le figuier frottant contre la fenêtre, le costume-cravate et les souliers brillants, il y avait des années-lumière. Ces deux-là étaient faits pour se rencontrer, même si près de vingt ans et sept mille kilomètres les séparaient.

Sur de nombreuses photos d'elle adolescente, elle est perchée sur quelque chose, comme pour tenter de voir plus loin, plus haut, autrement. Elle rêve déjà d'ailleurs, c'est une évidence. La vie qui l'attendait était trop exiguë pour elle.

En était-elle consciente, lorsqu'à dix-sept ans elle escaladait murs et clôtures ?

Il y a toutes ces choses que je ne sais pas, et que je ne saurai jamais, mais il y a aussi celles que je découvre en écrivant, et qu'elle-même peut-être ignorait.

L'étrange joie

Il y avait parfois, au début de sa mort, une sorte de joie qui me submergeait par vagues fugaces et déroutantes, terrassant pour un instant le chagrin.

Ce n'était pas de la joie, bien sûr, plutôt un effet de mon cerveau dérangé, trop d'endorphines, trop de larmes, le soulagement que ce soit fini – la souffrance, la peur, le pas savoir quand –, auquel se mêlait la griserie d'avoir survécu, réflexe animal, le corps sauvage qui se réveille et réclame son dû, et même si ce simulacre de joie naissait du plus profond de la douleur, je le comprenais bien, même s'il n'était qu'une respiration à l'orée du deuil, une contrefaçon, j'en éprouvais un sentiment de honte.

Je me revois à Paris, pont du Carrousel, les grandes dames de pierre sous le soleil d'octobre, ma tristesse infinie et ces bouffées d'euphorie qui me happent sans prévenir, dérangeantes, presque obscènes, cette légèreté d'adolescence, de jupe au vent, qui me donne envie de gambader.

Être à l'aube de quelque chose, il y a de ça, mélangé au chagrin. Une sensation de liberté, de début, d'inconnu. Je ne m'y attendais pas. Le monde est si étrange sans elle dedans. Étrange et étranger.

Continuer. Ce mot définit si fort le moment qu'il est difficile à prononcer. Conduire devient une expérience déchirante, car c'est précisément de cela qu'il s'agit : aller de l'avant, faire défiler les paysages, vivre, malgré tout.

Dans cette expérience si singulière, dont la beauté – comme la douceur – n'est pas absente, tout est amplifié, la lumière, la musique, le moindre bruissement du ciel. Tout est tragique et beau et vibrant de présences mystérieuses.

L'étrange joie, je le réaliserai plus tard, tenait aussi au peu de temps écoulé depuis que j'avais vu ma mère pour la dernière fois, vue et touchée et embrassée, vivante bien que plus tellement, mais sa peau encore, son souffle, sa réalité, car bien vite les vagues de joie disparaîtront, laissant toute la place à la tristesse.

Je n'ai pas vu ma mère depuis 3037 jours.

Le bel Iranien

Une pluie inattendue se déversait sur les marches de l'Université quand elle est sortie ce soir-là de son cours de français. Une voiture s'est arrêtée, une Topolino, et par la vitre baissée, le conducteur lui a proposé de la ramener. « J'étais jeune, blonde et grassouillette », se souvient-elle en rigolant.

Il était très beau et il pleuvait beaucoup, alors elle a accepté.

Le jeune homme était iranien. Ses parents faisaient de l'import-export de café du Brésil. Ses copains étaient riches, orientaux, beaux comme lui. Elle l'a fréquenté quelque temps. Il l'emmenait à des fêtes, des soirées dans des appartements cossus.

J'ai oublié de demander combien de temps ça a duré, et pourquoi ça s'est arrêté. Ont-ils été amants ? Ou est-ce que ça n'a été qu'un flirt, comme on disait à l'époque ? Je l'ignore. Je ne connais même pas le nom de ce garçon. Mais je suis heureuse d'avoir ce minuscule fragment de ma mère à vingt ans, pulpeuse et fraîche dans l'air du soir, et de tout voir comme si j'y étais : les marches de pierre de l'Université de Genève, la façade rose pêche du premier étage, le buste de Carl Vogt sur son socle, et cette jolie blonde sur le trottoir, au bord du flot de voitures, sa peau claire éclaboussée de pluie.

Un petit souvenir de rien du tout, comme ces éclats de verre poli par la mer, qu'on ramasse et qu'on garde bien serrés dans sa paume, sans trop savoir qu'en faire.

Ces choses que j'ai oublié de demander

Est-ce que les gens te disaient, à l'époque où vous aviez la trentaine toutes les deux, que tu ressemblais à Catherine Deneuve ?

Qu'est-ce que tu mettais, à part des câpres et du maïs, dans la salade de riz des pique-niques à Malval ?

Qui sont ces deux garçons blonds sur les photos, avec ta grand-mère Hermine ?

Toutes ces questions que je ne peux plus poser, toutes ces choses que je ne saurai jamais, dans le fond, quelle importance ?

J'essaie de m'en convaincre, mais sans succès. Depuis qu'elle n'est plus là, le moindre détail est une pépite d'or dans un fleuve boueux.

Comment s'appelait ton hibou ?

Et ce rosier grimpant couleur cerise, que tu guidais sur un treillis de bois ?

Qui a été ton premier amoureux ?

Toutes ces histoires qu'elle offrait à nos oreilles distraites, trop occupées par leur jeune vie, par des distractions tellement plus amusantes et pressantes que les souvenirs d'une mère, pourquoi ne les ai-je pas récoltées plus tard, devenue assez grande pour en apprécier la valeur, pour en deviner la possible et imminente évaporation ?

Pourquoi, alors que j'ai toujours eu si peur de la perdre, j'ai vécu comme si elle était immortelle ?

Je savais qu'elle pouvait tout me raconter, encore et encore, n'importe quand, elle était comme un livre à portée de main, à feuilleter à volonté, et elle avait promis de m'écrire l'histoire de sa famille, je vais le faire, disait-elle, mais le remettait chaque jour au lendemain, pensant comme moi qu'il y aurait encore des milliers de lendemains.

Si j'en sais si peu sur sa vie d'avant, si j'ai si mal écouté, ou si mal enregistré, c'est sans doute qu'il me suffisait qu'elle soit ma mère, ce soleil aux yeux bleus.

Avant elle, il n'y avait rien.

Des lettres

Quand elle arrive à Genève pour apprendre le français, elle est loin d'imaginer qu'elle y restera. Elle est jeune fille au pair chez les B., un couple de médecins adorables, ophtalmologues, je crois, résidant au chemin du Pré-de-l'Ours.

Elle a vingt et un ans et fuit un chagrin, un grand amour malheureux, un homme marié. Je n'en sais pas plus. Pourquoi me vient la vision d'une portière qu'elle ouvre, dans une ruelle silencieuse et pleine d'arbres, et cet homme au volant d'une voiture blanche ? Rencontres clandestines. Elle a dû me raconter quelque chose.

Pour se faire un peu d'argent de poche, elle punaise sur le panneau d'affichage de l'Université une petite annonce proposant des cours privés d'allemand. C'est ainsi qu'elle rencontrera mon père. La légende dit – ou en tout cas je l'ai toujours cru – qu'ils n'avaient alors aucune langue en commun, à part celle de l'amour, mais voilà que je découvre, serrées par un ruban de velours, des dizaines de cartes postales et de lettres rédigées dans un français presque parfait.

Chérie, écrit mon père sur du papier fin comme le ciel, merci pour les Ericas, elles sont aussi belles et douces que toi. Il lui parle des préparatifs du mariage, des alliances, d'un costume bleu, d'une demande de visa, des amis qu'il retrouve le soir.

Puis il n'y a plus de lettres, car les voilà réunis, mari et femme dans la petite chapelle de Maria Frieden. En route pour l'Italie, pour la vie, pour la naissance de leur premier enfant qui aujourd'hui tente de se souvenir.

L'omniprésence

Elle a toujours eu des voitures rouges – à part une Mini orange qu'elle m'a donnée quand j'ai passé mon permis, et que j'ai repeinte en ciel bleu et nuages blancs.

Une Mini, une ou deux R5, une Renault Clio.

Le rouge parce que c'est beau, mais surtout la couleur la plus visible sur la route, la moins accidentogène. Dans un bolide écarlate, on vous voit arriver de loin, et on a la perception d'une vitesse supérieure à la réalité.

Aujourd'hui il y a moins de voitures rouges sur les routes – la mode est au blanc, au gris, au noir –, et pourtant je ne cesse de croiser des Clio rondes comme des cerises, qui font follement bondir mon cœur.

L'absence rend omniprésent, comme c'est étrange. Un seul être vous manque, et il n'y a plus que lui partout, tout le temps. Partout des dames blondes, toutes de beige ou de taupe vêtues, filant sur les trottoirs. Partout des voix fugitives babillant avec l'accent de Marthe Keller dans *La Demoiselle d'Avignon*. Partout des signes, des souvenirs, son prénom sur une enseigne, une chanson qu'elle aimait, crachée par les haut-parleurs d'un supermarché, et ces myriades d'adolescentes en virée shopping avec leur mère, à cet âge magique où celle qui nous a mis au monde devient soudain notre meilleure amie et pas une seconde on imagine que ça ne durera pas toujours. Elles sortent de tous les côtés, joyeuses et gazouillantes, et c'est une torture, ce double bonheur sous mes yeux, ce paradis perdu, les robes d'été, les sandales, les *soft ice*, l'achat des fournitures scolaires, alors je fuis les centres commerciaux le mercredi et le samedi, mais dehors ça continue, partout des chignons, du lin blanc, des labradors qui me sourient, partout des voitures rouges dont le klaxon crie Je suis là !

On croit que le deuil c'est apprendre à vivre sans, alors que c'est l'inverse. L'absence n'est pas le contraire de la présence, mais la présence amplifiée, exaltée, démultipliée, et il faut se débrouiller avec ça désormais, ce mélange de vide et d'envahissement. Apprendre à vivre sans elle, avec sa présence perpétuelle.

La vie des objets
(épisode 3)

Transformer, elle aime ça. Sauver de la poubelle ou de l'oubli. Donner une nouvelle vie. Ressusciter.

D'où cette collection de vieux meubles chinés, poncés et repeints avec amour.

La coiffeuse romantique, avec son miroir ovale et ses tiroirs à secrets, repeinte en blanc pour ma chambre d'adolescente. On me l'a volée au cours d'un déménagement, mais il reste le miroir, que j'avais démonté pour le protéger.

Le meuble à partitions Napoléon III, lui aussi laqué de blanc. Tout comme la petite étagère murale en bois torsadé, qui me suit partout depuis mes douze ans.

Le très vieux piano droit, repeint en vert feuillage, avec ses incrustations de nacre, et les antiques bougeoirs extensibles qu'elle y fixera ensuite.

Le tabouret pivotant du même vert, son assise fleurie de broderie au point de croix.

L'armoire à pharmacie revisitée dans le style Santa Fe – ma tocade à notre retour du Nouveau Mexique – dans des nuances de turquoise et de rose.

Les chats d'une vie

Peterli (celui de sa mère, un énorme chat blanc tacheté).

Minouchette et Minougris (deux chatons de quelques jours, un chartreux et un tigré, trouvés par mon père dans une poubelle du B.I.T., qu'on nourrit avec nos biberons de poupées dont elle a percé la tétine à l'aide d'une épingle).

Minouchette n° 2 (un chartreux angora, notre chat du Liban).

Pitchi, dite Pitchounette (une petite chatte tigrée et maigre, la plus pitoyable de la SPA et adoptée pour cette raison, sans savoir qu'elle était portante).

Tarzan et Grosminet (ses petits, un tigre à chaussettes blanches et un noir copie conforme du Grosminet du dessin animé).

Fernand (un angora blanc sauvé d'une triste vie).

Figaro (un matou d'un blanc immaculé, adopté à la SPA).

Bagheera (un matou noir comme une panthère, surgi de Dieu sait où).

Vladimir (un angora blanc).

L'oasis

Je peux vivre sans elle s'il le faut vraiment, je sais me débrouiller, mais sans l'idée de sa présence en ce monde, sans cette certitude-là, je ne peux pas.

Alors je l'imagine chez elle, dans le petit appartement de la rue Saint-Joseph. Elle vient de regarder un épisode de *Mentalist* et lit maintenant à la table de la cuisine, je l'entrevois à travers les voilages, derrière le bouquet de tulipes rayées.

D'autres nuits elle est juste en voyage, très loin et très heureuse, ou partie vivre en Australie, où des cacatoès à huppe jaune remplacent les mésanges sur son balcon. Elle n'est pas ici mais elle est quelque part, tout va bien.

On peut vivre avec l'absence de quelqu'un qu'on aime, quelqu'un qui est à l'autre bout de la planète, qui ne rentre pas, qui ne donne pas de nouvelles, mais qui existe. Il suffit donc d'imaginer ça.

Entre les pages d'un atlas, je trouve une photo où elle se baigne dans une oasis du Sahara, une sorte de cratère creusé dans le sable, bordé d'arbres étranges, penchés, touffus – un mélange d'if et de tamaris –, rempli d'une onde d'un turquoise laiteux et sombre que sa brasse illumine d'un friselis plus clair, et elle au milieu, sa tête plus blonde que le sable, son T-shirt noir collé aux épaules, avec ce sourire absolu qui dit le bonheur de l'eau, la légèreté, le frisson, la fraîcheur d'être en vie.

Elle ne répond pas à mes messages mais ce n'est pas grave, elle est au cinéma, elle dîne avec une amie, elle ne regarde pas son portable, elle s'amuse, elle m'appellera demain.

Ce qu'elle aimait (3)

le massepain
Woody Allen
le café
les objets en plexiglas
la lune
les kakis
le patinage artistique
l'imprimé léopard
le porto
les films de Jim Jarmush
les clémentines
Astérix et Obélix
les loutres
les voyages

L’album de cuir rouge

L’album de son mariage dans la minuscule chapelle catholique de Maria Frieden, perchée incongrue au sommet d’une colline, à Zell im Wiesental.

Le cabriolet Borgward Isabella de mon père – bleu comme les yeux de la mariée et les montagnes à l’horizon – gravit la route rocailleuse et se gare dans l’herbe. Les fiancés et leurs six invités doivent continuer à pied. La mère et la grand-mère ouvrent la marche. Le frère, long et rêveur, traîne à l’arrière. Le chemin est raide. Les petits talons se tordent dans les cailloux, la poussière blanchit les souliers des messieurs.

En ce beau jour de septembre, la mariée rayonne dans une robe très simple, en piqué de coton blanc, sous une petite veste qui dissimule ma présence. Des escarpins blancs, un sac à main en cuir blanc. Pas de froufrous ni de voile. Aucun bijou. Son père est décédé il y a quelques mois, et sa mère porte le deuil. Le coiffeur lui a fait une permanente bouclée et une bizarre couleur cuivrée – la mode du moment ? un accident de coloration ? – qui flamboie dans l'azur du ciel.

Elle tient une brassée de roses rouges, retenues par un ruban de dentelle, dont je retrouverai les vestiges, un demi-siècle plus tard, écrasés sous le verre d'un cadre doré. Penser qu'il suffirait d'écarter les tournettes en laiton pour toucher la dentelle de la photo, effleurer ces pétales dont la couleur encore vivace a absorbé son « oui » dans l'église, la douceur de ses mains, le ciel au sommet de la colline et ainsi, d'une certaine façon, entrer dans l'album de cuir rouge, est tout simplement vertigineux.

Elle est pâle et souriante, posant sur le parvis de la chapelle avec les meilleurs amis du marié, Aamir et Kailas, et la jeune épouse de ce dernier, Doris. Tous portent un œillet carmin sur le cœur, et resteront amis jusqu'à la fin de leurs vies.

En redescendant, sous le grand soleil, ils croisent une nuée d'enfants ravis, des filles en robes à carreaux et des garçons en culottes de cuir, puis devant une maison fleurie de pétunias, un chien Saint-Bernard dont elle caresse le pelage.

Est-ce en souvenir de ce jour que le cadeau de mon premier anniversaire sera un Saint-Bernard en peluche monté sur roulettes, aussi haut que moi, que je chevauche comme un poney et que j'appelle Tou-Tou ?

La deuxième partie de l'album est consacrée au voyage de noces. Dix-huit jours en Italie, à bord du cabriolet bleu. Le lac de Viverone au crépuscule. L'hôtel Pitti Palazzo et elle au balcon, penchée sur les toits de Florence. Sienne en sandales blanches. L'Isabella à Rome, comme dans un film d'Antonioni. Son chapeau de paille pointu, devant la Grotte Bleue de Capri. Naples. Rimini. Saint-Marin. Et Venise, bien sûr. Sa robe rayée sous le pont des Soupirs. Vérone. Sirmione. Le Lac Majeur.

Seule sur une page, elle a collé une carte postale de *La Pietà* de Michel-Ange, sans savoir qu'elle représentait son destin. Ni que ce jour, le 14 septembre, serait un jour celui de sa mort.

14-8-28-18

Alors que je les ai toujours détestés, les chiffres sont ma nouvelle obsession. J'y cherche une logique secrète, une équation mystérieuse qui pourrait tout expliquer, donner enfin un sens à tous les drames, à toutes les séparations.

Il y a le 14, bien sûr. 2 × 7. Ce nombre doublement magique qui nous appartient à toutes les deux.

14 juin : sa naissance.

14 mars : la mienne (et donc la sienne en tant que mère) dans la chambre n° 14 de la clinique Bois-Gentil.

14 septembre : la date de mes anniversaires et demi, et maintenant celle de sa mort.

Le dernier instant est-il inscrit quelque part sans qu'on le sache, ou alors en décide-t-on inconsciemment ? Elle avait évoqué parfois la malchance d'avoir un décès proche de son anniversaire, l'assombrissant désormais, et voilà qu'elle me fait le cadeau de partir le jour le plus éloigné de celui de ma naissance.

28 septembre (soit 2 × 14 septembre) : naissance de mon petit frère.

9 mai ou 9/05 (9 + 5 = 14) : naissance de ma petite sœur

94.36.14 : le numéro de téléphone de la maison familiale contient deux 14.

Le 28 mars (2 × 14 mars) elle est soudain hospitalisée et ne reviendra pas.

Un an plus tard, le 28 mars 2014 (2 × 14 + 14), jour dont j'appréhende de revivre chaque funeste minute, un cambrioleur brise une vitre peu avant l'aube, et vole son bracelet à breloques – celui des souvenirs en or de ses voyages, le mini-masque de Venise, l'Empire State Building, l'étoile de David, une cacahuète – que je venais de récupérer chez un petit bijoutier au bord du Rhône, à côté d'une échoppe de hameçons et cannes à pêche, après avoir trouvé un coupon de réparation dans son agenda.

Du côté de mon père, c'est le 8 qui affiche une présence troublante.

8 juin : sa naissance (par ailleurs 8 + 6 = 14)

18 août : sa mort

1881 : l'année de naissance de son père, qu'il vénérait.

18 ans : sa différence d'âge avec ma mère

98 ans (quatre-vingt-dix-huit, 80-18) : l'âge de sa mort.

Tous ces 8 et ces 18 font forcément sens, mais lequel ?

Par moments quelque chose s'esquisse, comme un dessin d'étoiles qu'on distingue soudain dans l'anarchie du ciel nocturne, et je crois toucher du doigt la solution de l'énigme, je n'ose plus respirer de peur de rompre le charme, mais déjà tout s'évapore à la manière d'un mirage sur une route d'été.

Elle aurait tant voulu faire des études, elle le répétait souvent. Devenir médecin, peut-être. Ou ingénieur. Les ponts la fascinaient. Les écluses. Les avions. Et si elle n'a jamais rêvé d'exercer le métier d'expert-comptable, les chiffres la rassuraient. Elle les aimait pour leur franchise, leur droiture. Les chiffres ne mentent pas, ils ne trompent pas, ils sont fiables, pas comme les mots ou les idées. Pas comme les gens qui disparaissent sans prévenir. Elle trouvait une profonde satisfaction dans un bilan impeccable, une caisse qui joue au centime près, une addition vérifiée et validée. Un apaisement, je dirais.

C'est ce que je cherche aujourd'hui. Un semblant de cohérence dans un monde devenu incompréhensible. Une consolation.

14… 8… 28… 18…

À travers la présence obstinée de certains chiffres, leur répétition, leurs variations, cette partition impossible à déchiffrer, quelque chose se dit, j'en suis sûre, quelque chose que je ne décrypte pas encore, mais qu'un jour je comprendrai.

Les souliers dorés

Comme les princesses et les fées, elle a souvent porté des souliers dorés.

Des sandales indiennes – les classiques Kolhapuri, nées au XIIIe siècle – plates et étincelantes sous les saris de soie.

Des escarpins à petit talon, scintillants comme des bijoux, à l'époque des cocktails diplomatiques.

Des ballerines en cuir souple enfin, parfois ornées d'un petit nœud, qu'elle sortait en toute saison, sous les lainages sombres ou le lin blanc.

De l'or à ses pieds, comme un reflet de sa tête.

Ces souliers en lurex et cuir orné de strass (dont elle possédait aussi une version argentée) me fascinaient depuis l'enfance. « Creazioni E. Gatti, Milano », peut-on lire à l'intérieur. Elle me les a donnés il y a longtemps déjà, et il se pourrait bien que ce soient ceux qui ont écrasé la scolopendre, sur le toit de Beyrouth by night, de leurs talons magiques.

Le bois dont on fait les femmes

Les caisses qui ont transporté nos affaires jusqu'au Liban, celles qui nous servent de cabanes sur le toit de l'immeuble, sont aussi son terrain de jeu. Elle n'a après tout que trente-deux ans, même si elle est déjà mère de quatre enfants.

Avec les planches qu'elle démonte, arrachant les longs clous avec l'envers du marteau, elle fabrique des meubles pour nos poupées Barbie. Des lits superposés, des chaises et des tables sculptés au couteau de cuisine – celui avec la lame dentelée et le manche en plastique – avant d'être peints en rouge ou en blanc, puis garnis de coussins et d'édredons nés de chutes de tissus.

Sur d'autres planches elle peint, empruntant nos boîtes de couleurs. Une madone à l'enfant. Des visages de femmes mélancoliques et un peu flous – le bois absorbant la gouache tel un buvard –, étirées comme des Modigliani pour les caser dans la planche étroite.

Elle se débrouille avec ce qu'elle a, depuis toujours. Elle transforme le monde. Son destin était d'épouser un jeune homme de sa Forêt-Noire natale et de passer sa vie dans les environs de Lörrach, comme ses camarades d'école. Les études dont elle rêvait, pas question, avait décrété sa mère. Il n'y avait pas assez d'argent, alors ce sera pour son frère. Priorité aux garçons. Ce fut donc l'apprentissage de comptable, la mort dans l'âme, pour travailler à l'usine de textiles en attendant le rôti du dimanche, les géraniums au balcon et les enfants blonds.

Quelques années plus tard, drapée dans un sari de soie chatoyant entre pourpre et saphir, elle bavarde avec sa belle-sœur Camila au cours d'une réception à Bombay. Le dîner sera bientôt servi sur des feuilles de bananier posées à même la nappe blanche, que ses deux petites filles brunes contempleront avec perplexité.

J'ai souvent essayé d'imaginer le visage de ma grand-mère quand, après un séjour à Genève pour apprendre le français, sa fille était rentrée au village au bras d'un Indien de Goa de près de vingt ans son aîné, qu'elle s'apprêtait à épouser.

Et la voilà à Beyrouth avec quatre enfants. Elle conduit une longue américaine, une Rambler bleu

nuit au volant de laquelle elle sillonne la ville stridente de klaxons. L'école de jésuites. Les courses à Badaro. Les cours de ballet et les leçons de piano. La plage où on dévore d'énormes frites brûlantes et molles, dans des cornets de papier journal.

L'anglais, elle l'apprend en lisant l'autobiographie de Charlie Chaplin, armée d'un dictionnaire où elle cherche presque chaque mot, ou en écoutant en boucle la B.O. de *My Fair Lady*, dont les échos – « Just you wait, Henry Higgins, just you wait ! » – me parviennent encore. C'est ainsi qu'un jour elle obtiendra le Cambridge English Proficiency, le diplôme le plus exigeant pour la langue anglaise, qui lui permettra de l'enseigner.

Tout ce qu'on veut, on peut. Ce message s'est ancré profondément en moi, sans que les mots aient été prononcés, juste en la regardant. Rien n'est impossible.

Celui-ci aussi : on peut tout faire pareil qu'un homme, et même mieux.

Il m'arrivera dès lors souvent de me retrouver dans des situations improbables. Coincée dans le virage d'un escalier en compagnie d'une armoire que je pensais pouvoir déplacer seule, par exemple, ou aux prises avec la collerette en matière de papillon lilas de la fée Delphine Seyrig dans *Peau d'Âne*, dont j'ai décidé de copier la robe, armée de tulle et de fil de fer.

Encore aujourd'hui, cette force est en moi. Je peux tout faire. Passer au papier de verre une Mini orange pour la repeindre en bleu. Lancer un magazine. Jouer l'*Étude révolutionnaire* de Chopin sans connaître le solfège. Apprendre le russe pour lire Tchékhov. Publier des livres. Et même survivre à la mort de ma mère.

La culpabilité

Longtemps je me suis demandé pourquoi je ne suis pas morte sur place, foudroyée par la douleur en ce Vendredi saint, quand cette jeune doctoresse pressée de partir en week-end m'a annoncé au téléphone, portable qui coupe et grésille, que ma mère, que je pensais juste fatiguée, déprimée peut-être, n'en avait plus pour longtemps. Plus rien à faire, a-t-elle ajouté, une question de mois, puis elle a filé prendre le soleil quelque part, je l'ai vue bondir dans un cabriolet, un foulard de soie autour du cou, pendant que le sol se dérobait sous mes pieds.

Je ne suis pas morte. J'ai eu des acouphènes pendant des mois, des crises d'angoisse, des insomnies, je me suis déchiré la cheville, j'ai explosé plusieurs de mes molaires à force de serrer les dents, mais j'ai survécu. Même à l'église, tremblant derrière son cercueil, me répétant elle n'est pas là-dedans, pense à autre chose, ne regarde pas, je ne suis pas morte. Je m'en suis voulu. Survivre à tout ça c'était la trahir, ne pas l'aimer assez.

Et un jour cette évidence : bien sûr que je suis morte ! Celle que j'étais, de ma naissance sous les magnolias à ce samedi ensoleillé de septembre, est partie avec elle.

Je ne suis plus qu'un souvenir de moi.

Les films

« Ça vient de quel film ? »

Elle est dingue de cinéma, y va tout le temps, même seule – surtout seule –, et connaît par cœur des dizaines de répliques de ses films préférés. À tout propos, l'une d'elles surgit dans la conversation et il faut deviner. « Ça vient de quel film ? » C'est un de ses jeux favoris. Le plus souvent il s'agit de *Moonstruck* (Norman Jewison), *Trois hommes et un couffin* (Coline Serreau) ou *Some like it hot* (Billy Wilder).

Ses autres films préférés :
Bagdad Café (Percy Adlon)
Pane e tulipani (Silvio Soldini)
Beignets de tomates vertes (Jon Avnet)
La Leçon de piano (Jane Campion)
Les Petites Fugues (Yves Yersin)
La Femme du prêtre (Dino Risi)

Le Bal (Ettore Scola)
La Rose pourpre du Caire (Woody Allen)
Caramel (Nadine Labaki)
Le Diable par la queue (Philippe de Broca)
Tootsie (Sydney Pollack)
Une journée particulière (Ettore Scola)
Crocodile Dundee (Peter Faiman)
La Visite de la fanfare (Eran Kolirin)

L'énigmatique Anna Martin

Elle sort d'un roman de Modiano, c'est sûr.

Personne ne semble savoir quoi que ce soit sur cette jeune femme assise dans une barque, genoux serrés sous sa jupe plissée, toute de blanc vêtue (ou de jaune poussin, peut-être), souliers vernis de petite fille, paupières éblouies par la lumière, et pourtant elle a vécu, aimé, souffert sans doute, puis sans bruit elle a disparu, comme se fanent les fleurs.

Quand je pose la question à ma mère, *et elle c'est qui ?* elle hausse un blond sourcil, *aucune idée*, et tourne la page.

L'effacement des vies passées me déchire.

On devine un collier de perles dans l'échancrure de la blouse sagement boutonnée, une petite montre comme en portaient les dames de l'époque. Mais quelle époque ? De quand date cette photo ? Et qui l'a prise ? Un amoureux ? Un époux ?

Le mur de conifères dans son dos laisse supposer qu'on est en Forêt-Noire, le territoire familial, et le cadrage un peu inhabituel, qu'on a voulu montrer autant l'endroit que la femme.

Sur internet j'explore les lacs de la région, me concentrant sur ceux qui sont à moins de deux heures de Lörrach. Je compare les photos, les arbres, la courbure des berges. Ça pourrait être le Mummelsee, ce lac d'altitude – un des plus visités du Bade-Wurtemberg – qui selon la légende cacherait dans ses profondeurs un palais de cristal peuplé d'ondines. Ou alors le Feldsee, dont les eaux infiniment pures abritent de très rares fougères, les isoètes à spores épineuses, ondoyant sous la surface telles des pieuvres fantomatiques. Mais ça pourrait aussi être le Schluchsee. Ou simplement le Titisee.

Difficile à dire. Partout le même miroir d'un bleu insensé, bordé de sapins et de pédalos. Et pas la moindre trace d'Anna Martin.

Mon grand-père avait l'étrange manie de décoller-recoller ailleurs les photos des albums, sans logique aucune et pour des motifs obscurs, si bien que la chronologie n'existe plus, et que les noms – quand il y en a – ne correspondent plus aux visages.

Mais la présence d'Anna Martin, dans l'album de cuir gaufré, atteste qu'elle fait partie de la famille.

Je suis liée à elle, même si j'ignore comment. Un jour, qui sait, j'écrirai un livre sur elle. À la recherche d'Anna Martin…

La mémoire des autres

Des gens que je ne connais pas, qui parfois pensent à elle. Cette idée m'apaise. Son souvenir dans d'autres que moi. Son existence qu'ils prolongent en prononçant son nom.

À Tokyo peut-être, dans cette famille japonaise qu'elle aimait tant, ses voisins pour un temps. Elle a gardé la copie d'un mail intitulé « Dear our mam in Genève », où Junichi lui écrit qu'ils ne l'oublient pas, que le petit Keita parle d'elle, racontant qu'elle lui a donné des fraises.

Des gens en qui elle a laissé une trace, même sans le savoir. Une petite lumière.

La mendiante rom à qui elle donnait non pas de pièces mais des billets, et avec qui elle bavardait chaque jour. D'anciens élèves de ses cours de cuisine indienne, qui continuent de préparer des Brinjal Pakoras et du Channa Dhal en suivant ses recettes. Des enfants devenus grands, à qui elle a enseigné l'allemand. Des collègues de travail, au Conseil Œcuménique des Églises, à la Tour de contrôle de l'Aéroport de Genève ou à l'Armée du Salut.

Certaines de mes amies, qui l'ont côtoyée à cet âge où toutes les mères sont un peu les nôtres, nous chérissent et nous protègent dans une même grande vague d'affection – les amies de nos filles sont un peu nos filles –, dans cette sorte d'adoption spontanée qui perdure.

Des rencontres de voyage. De dîners. De cours d'équitation ou de peinture.

La caissière du supermarché, avec qui elle papotait au-dessus du tapis roulant. Le confiseur qu'elle dévalisait chaque année à la même époque, quand pour remplir sa déclaration d'impôts, il lui fallait de hautes doses de chocolat noir au gingembre.

Des hommes qui l'ont aimée en secret ou en plein jour.

Ses amis, bien sûr. Et la famille.

On peut imaginer qu'à l'heure du thé, dans un salon de Goa aux persiennes tirées sur la touffeur, quelqu'un évoque l'épouse blonde d'Oscar, qui séjourna dans cette maison au siècle dernier, avec sa kyrielle d'enfants. C'était le 24 décembre, il faisait plus chaud qu'en plein été, les petits étaient désemparés, alors pour tenter de recréer l'atmosphère de Noël, elle avait enneigé l'Araucaria – cet arbre piquant qu'on nomme « Désespoir des singes » – en le garnissant de boules d'ouate blanche.

Dans toutes ces personnes vit encore une parcelle d'elle.

On n'est pas vraiment mort tant que des gens pensent à nous.

La gelée de prunes rouges

Par un de ces hasards qui n'en sont pas, j'ai au fond de mon jardin cette sorte de prunier sauvage qui donne des fruits rouges et ronds et acidulés, celui-là même, niché au fond du jardin familial, qui chaque été enfermait ma mère dans la fournaise d'une cuisine aux vapeurs écarlates.

Je la revois, rose comme le jus de ces prunes qui prennent à la cuisson une folle couleur fluorescente – à croire qu'on a fait fondre des fraises Tagada –, déposant sur une assiette, à l'aide de l'écumoire, la mousse exquise et brûlante que j'étalais aussitôt sur une tartine.

On serait tenté de laisser ces fruits aux oiseaux, tant ils ont peu de chair – et tant celle-ci est solidement accrochée au noyau, presque impossible à détacher –, mais rien que pour l'enivrant parfum de bonbon qui pique et de fleur caramélisée s'élevant de la casserole, ça vaut la peine.

Je revois la pyramide de bocaux qui grandit à côté du grille-pain, avant d'être stockée au fond du garage, les couvercles dorés, les étiquettes blanches, et nous les enfants ingrats qui bientôt n'en pourrons plus de ces prunes, rêvant de gelée de coings ou d'insipide marmelade de fraises du supermarché.

C'est mon tour aujourd'hui. Enfermée au cœur de l'été, je remue les confitures, j'ai chaud, mes joues prennent la couleur des prunes, je laisse tomber une goutte sur une soucoupe froide, comme elle me l'a appris, j'observe le glissement de la gelée, sa vitesse, sa transparence qui lentement se fige, je remplis les bocaux d'eau bouillante avant de les égoutter sur un torchon propre, ses conseils bien alignés dans ma tête et sa présence sans doute là, tout près, dans la brume rouge. Il ne peut en être autrement.

Son livre de cuisine

Le premier. Celui d'une jeune mariée de vingt-trois ans. Un livre taché et jauni, au dos de toile noire grillée par le temps, publié à Karlsruhe en 1949.

Sur la couverture, elle a noté les pages de ses recettes préférées. Flan à la semoule 189, gâteau au séré 219, crème vanille 198. Rien que du sucré.

Le flan à la semoule – dans le moule en métal en forme de poisson courbe, avec les bâtonnets d'amandes et les raisins secs qu'on découvre dans le moelleux – est mon dessert d'enfance favori. Une consolation.

« Très bons ! » a-t-elle inscrit page 237, à côté des *Nussmakronen* (macarons aux noix). Une autre écriture a annoté certains paragraphes d'une plume appliquée (sa mère ?), tandis qu'un très jeune enfant (moi ?) a orné les marges de gribouillis au crayon rouge.

Glissée entre les pages, une recette d'*Australian Biscuits*. Encre turquoise, écriture inconnue, papier ligné. J'imagine une rencontre à l'heure du thé, une épouse de diplomate ou de fonctionnaire international, une de ces dames perdues dans des pays de passage, rouge à lèvres, robe à fleurs, avec lesquelles elle a partagé des amitiés fugitives.

Ah si on pouvait les retrouver, toutes ces personnes qui traversent notre vie, les aligner, les nommer, les compter, les remercier pour ce qu'elles nous ont offert, un éclat de lumière, une affection, un sourire, un après-midi d'insouciance, un conseil, une idée, une main sur l'épaule, le téléphone décroché au milieu de la nuit, une recette de biscuits exquis !

Est-ce ce qu'elle essayait de faire ce jour-là ? Ou vérifiait-elle sa mémoire ? Non loin du livre de cuisine, j'ai trouvé un calepin à spirales rempli de noms et prénoms écrits à la suite, sans explications ni logique, comme un inventaire ou une incantation.

Les macarons aux noix de la page 237

Battre 4 œufs en neige ferme, ajouter 250 g de sucre et remuer encore 10 minutes. Ajouter une cuillère à café de cannelle, 100 g de chocolat râpé et 250 g de noix moulues, puis incorporer délicatement 60 g de farine.

Former des petits tas à l'aide de deux cuillères à café, sur une plaque graissée, et cuire aussitôt au four à chaleur modérée.

La fourchette en argent

J'ai une fourchette qui est ma mère. C'est difficile à expliquer. Quelque chose dans ses courbes m'émeut aux larmes. Elles ont le même visage.

Quand je regarde le manche ovale ourlé de vagues, c'est elle que je vois, ma mère blonde et jeune, son chignon doré qu'elle crêpe face au miroir, avant de le gonfler telle une barbe à papa à l'aide de la tige en métal au bout du peigne.

C'est une fourchette que j'ai utilisée enfant, avec laquelle j'ai chassé les petits pois dans l'assiette et tracé des sillons dans la purée.

À la maison on sortait l'argenterie tous les jours, car on savait que la vie est courte, que tout peut s'arrêter d'un instant à l'autre, alors il faut profiter, ne pas garder la jolie vaisselle pour les jours de fête, la fête c'est juste être ensemble, vivants, le soir tous réunis sous l'abat-jour en rotin, même avec des bâtonnets de poisson Findus et de la mayonnaise en tube.

J'ai hérité de cette fourchette en plusieurs exemplaires. Si bien que j'ai à la fois envie de ne manger qu'avec elle, et peur de la dévisager tant elle me bouleverse.

Les remèdes inutiles

Je tente de me remémorer des disputes, des manies agaçantes, des mots blessants, des déceptions, des conflits. Trouver une raison de l'aimer moins. De ne pas l'idéaliser. Mais ça ne marche pas.

Elle ne voudrait pas que je sois triste, je me le répète en boucle, je dois sourire, être heureuse, vivre pour elle, mais ça ne marche pas non plus.

J'essaie l'hypnose, la sophrologie, la méditation, l'acupuncture, la réflexologie, l'homéopathie, la kinésiologie, le massage métamorphique, les fleurs de Bach, les bols tibétains, le Zero Balancing. Sans résultat.

J'écris des mots sur des bouteilles d'eau – Amour, Paix, Gratitude –, après avoir découvert, dans un ouvrage traitant du pouvoir de la pensée sur les molécules, l'époustouflante beauté des cristaux induits par certaines paroles. Mais l'époustouflante beauté que j'avale n'est d'aucun effet sur mon chagrin.

Je m'entoure de pierres qui apaisent ou favorisent la communication avec l'autre monde – célestine, quartz rose, calcédoine bleue, chrysocolle. J'enlace des arbres. Je me sens toujours aussi seule.

Est-ce que ça l'attriste, de me voir aussi petite et apeurée ? Je ne veux pas qu'elle soit triste. Elle l'a assez été de son vivant.

Je fais une liste de ce qui pourrait me faire du bien : jardiner, danser, peindre, écrire. Je n'arrive à rien.

Je note sur un bristol les plus jolis mots qu'elle m'ait écrits, que je garde dans ma poche comme un talisman, mais les relire ne fait qu'attiser ma peine. J'ai sans cesse envie de l'appeler pour lui raconter la chose effroyable qui m'arrive.

Il n'y a qu'un remède, disent les sages. Accepter. C'est le secret. J'en suis incapable. Je veux ma maman.

Des personnes tout à fait sensées et dignes de confiance, qui sont passées par là avant moi, me répètent que « dans six mois c'est fini, tu verras » ou « c'est la première année qui est difficile, le premier Noël, le premier anniversaire… après ça va ».

Or non, ça ne va pas. Ni après six mois, ni après un an. Ni même après trois. Alors je n'ose plus en parler.

Est-ce que c'est normal de pleurer autant ? Est-ce le chagrin qui petit à petit sort de moi ? Cette idée m'effraie. Pourquoi faudrait-il qu'il s'en aille ?

Ce n'est pas moche, le chagrin, c'est de l'amour encore.

Le sari mauve

Elle me l'a donné il y a bien longtemps, parce qu'il ne faut pas attendre pour vivre, elle le savait, et parce que depuis toute petite j'en rêvais comme on rêve à un trésor.

Son imprimé m'a toujours fait penser à des glycines, et ma passion pour ces fleurs vient sans doute de là. Ou l'inverse.

Je ne l'ai jamais porté, par peur de l'abîmer, mais dans la boîte tapissée de papier de soie où il dort depuis des années, je l'aime d'un amour d'enfance intact.

Quand je soulève le couvercle, chassant l'image d'une autre boîte où elle serait allongée, paisible et belle pour l'éternité, je la vois s'avancer vers moi, drapée dans ce frémissement mauve qui s'ouvre et se déploie comme autant de bouches autour de ses pieds nus, et c'est tout un jardin qui se déplace avec elle, des glycines et des lilas et des bougainvillées, constellés de ces gouttelettes de jus de mangue indélébile qui faisaient son désespoir les jours de lessive.

Mon père avait un ami chez Air India, un pilote ou un steward, je ne sais plus, qui parfois nous faisait parvenir directement de Bombay un plein carton de ces petites mangues Alfonso, à l'époque introuvables en Suisse, dont on se faisait une fête.

On s'installait à la table de la cuisine, devant le fruit coupé en deux dont on dégustait la chair suave à la petite cuillère, raclant la peau jusqu'à la déchirer, avant de sucer le noyau, ses longs poils sucrés, éclaboussant nos T-shirts d'un batik de bonheur orange.

Tous ces fruits, toutes ces fleurs, le clafoutis aux figues, la tarte aux abricots, le gâteau dont émerge le dos de demi-pommes saupoudrées de sucre glace, les beignets de grappes d'acacia ou de cerises, les narcisses et les roses, les pivoines, les hortensias, une orchidée spéciale pour laquelle elle a eu le coup de foudre, qu'elle m'apporte avec des *struffoli* – ces bâtonnets d'amande qu'elle fait griller dans du caramel en se brûlant les doigts – dans un sachet en cellophane noué de rouge, puis on vide le pot de sorbet cassis, on cueille des prunes et des mirabelles, on ramasse des pommes…

Tout ça n'existe plus. Il faut trouver à la vie d'autres douceurs.

Ce qu'elle aimait (4)

le théâtre
les oranges Tarocco
Luciano Pavarotti
les avions
les falafels
Harvey Keitel
les dentelles anciennes
la vanille liquide
Laurel et Hardy
les objets en forme de cœur
les volants
les lions
le scrabble
les Indiens Navajo et Hopi

Les boîtes de perles

Même si j'en ai beaucoup distribué autour de moi, il m'en reste un plein tiroir. Et c'est un ravissement de les contempler.

Des dizaines de récipients en plastique transparent (anciennes boîtes de clous, de trombones, de punaises, de bonbons épicés au tamarin…) dans lesquels sont rangées, soigneusement triées par couleurs, formes ou matières, des perles récupérées un peu partout. Des perles en pâte de verre, nacre, bois, argent, corne, onyx, nacre, ambre, céramique peinte ou pierres semi-précieuses, lisses ou facettées, rondes ou ovales ou carrées, ainsi que des fermoirs, des anneaux, des bélières, des coupelles, des calottes, des cache-nœuds, des bobines de fil nylon.

Avec le contenu de ces boîtes, elle crée des bracelets et des sautoirs, ou sauve des bijoux mal en point. Le collier auquel il manque un fermoir, la broche orpheline d'un strass.

Réparer et transformer. Avec du cassé, faire du beau. C'est de sa vie qu'il s'agissait, je le comprends aujourd'hui.

Chaque automne, à la grande kermesse de Terre des Hommes, son stand de bijoux a un succès fou. Elle en était heureuse et fière. Toutes ces perles patiemment enfilées allaient contribuer à la construction d'un puits, à la protection et à l'éducation de petites filles indiennes, à une meilleure vie pour des milliers d'enfants.

Avant les bijoux, il y eut la vente de mouchoirs et d'oranges dans la rue, des journées entières à aborder les passants et sourire dans le froid, devant le supermarché ou la pharmacie, toujours pour Terre des Hommes. Il me semble que ça a commencé en même temps que ce parrainage d'enfant – au Bangladesh, je crois –, dont j'avais découvert par hasard le dossier dans un tiroir, stupéfaite, mes parents m'ayant caché qu'ils veillaient sur un petit garçon à l'autre bout du monde, un inconnu sur une photo qui, grâce à eux, mangeait maintenant à sa faim et allait à l'école.

J'avais bien sûr compris que c'était pour tenter de survivre, de mettre une couche de bonheur sur le malheur, mais rien n'apaise, rien ne remplace, rien ne guérit de la mort d'un enfant. Jamais.

Ce gouffre était là, béant à nos pieds désormais, et c'était un effort de chaque instant de ne pas tomber dedans.

Le minuscule chausson de ma poupée Bella

Qui peut être assez fou pour tricoter une pantoufle miniature, puis y broder deux boutons de roses avec leurs feuilles ? Qui, à part une mère ?

Ce minuscule chausson rouge, miraculeusement rescapé de décennies de voyages, de déménagements et de jeux d'enfants, contient pour moi tout l'amour du monde, concentré dans un entrelacs de mailles de 3 × 1,5 cm.

Il y a aussi le chausson bleu ciel de Sophie – ma première poupée, baigneur aux boucles de plastique et à la bouche trouée pour y glisser un biberon –, avec son nœud et ses festons de laine feutrée. Et une botte de Barbie au crochet, avec son laçage et sa semelle noire.

S'il ne me reste qu'une pièce de chaque paire, c'est sans doute parce qu'en partant elle a emporté la moitié de moi.

Les beaux jours

Je ne supporte plus le soleil, le ciel bleu, l'allégresse des fleurs et des oiseaux.

Ce temps qu'on dit beau a perdu tout son sens.

L'été, ma saison préférée depuis toujours, est un supplice.

Les beaux jours, ça ne veut plus rien dire.

Seuls les matins gris m'apportent un semblant de réconfort.

Le sombre, le froid, le mouillé, ça me ressemble.

Je suis un paysage de brouillard et de pluie.

Le perroquet à théière

Il dort au fond d'un tiroir, vert et rouge et presque oublié, mais il suffit que je le prenne dans ma main pour que tout renaisse dans les perles noires de ses yeux.

L'heure du thé dans la maison de Porvorim. Les biscuits anglais gorgés d'humidité de Goa, arrière-goût de coco rance, qu'on trempe dans le Darjeeling brûlant. La véranda peinte en rouge, le chat Copy-Cat, les bougainvilliers. L'odeur d'œuf au plat flottant sur le jardin, dans la lumière orangée du matin.

Les cercles de gaze bordés de perles, posés sur les cruches de limonade, et ces petites tentes en dentelle, qui s'ouvrent en cloches sur les gâteaux. En Inde, il faut se protéger de tout, des insectes, des serpents, de l'humidité, du soleil, des maladies – la variole, la typhoïde, le choléra. Armée de sa bouteille d'alcool à 96°, elle désinfecte la peau des mangues, des papayes, des chikoos, ainsi que le couteau qui les tranche. Malgré toutes ces précautions, il y eut l'année où je fus privée de biscuits dans le thé pour cause d'hépatite. Pendant des semaines, elle me nourrit de riz blanc et de carottes vapeur, tandis qu'une sorcière m'apporte un breuvage sombre et amer censé détoxifier mon foie. J'ai neuf ou dix ans, le teint jaune, et la nuit je rêve de gâteaux à la crème.

Les vrais perroquets qui volètent là-bas dans les arbres, plumage vert, bec rouge, insolents et rapides, semblables à celui-ci. Quand j'étais plus petite, soudain ça me revient, elle m'emmenait voir les perroquets de la volière de Loëx, un refuge pour oiseaux exotiques, à côté de l'hôpital où elle finira ses jours. Je les revois perchés au-dessus de ma tête, griffes et cris, jaune, rouge, vert, bleu fou d'aile de papillon, leur œil coquin, leur sourire du bec, et moi fascinée dans mon petit manteau.

Le perroquet à théière nous suit à Beyrouth, puis rentre à Genève où le rituel du thé se poursuit dans la maison des Verjus – porcelaine fleurie, biscuits anglais, tube de lait condensé, sucrier en argent – et où il reprend sa place dans le tiroir à couverts.

« Tiens, toi qui as toujours été en adoration devant cette chose, tu veux l'adopter ? », me demande-t-elle un jour en mettant de l'ordre, sans imaginer tout ce qu'elle m'offrait, enfermé dans les yeux de perle noire.

Le silence

Je ne supporte plus la musique.

Elle me rend si vulnérable que j'ai peur d'en mourir.

Pendant des années ça dure. Le silence.

Je n'entends plus les oiseaux. Ni la mer. Ni le vent. Je suis comme arrachée au monde.

C'est la fin de l'été. Septembre à jamais.

La chambre aux paons

C'est pas important, elle dit. À longueur de journée. À tout propos. Plus rien n'est important.

Elle refuse de toucher à la viande. C'est de la chair morte. Ses yeux sont devenus gris.

Parfois, sans prévenir, elle part au volant de sa Mini pour aller hurler dans la campagne, là où personne ne l'entend, là où la monstruosité de sa douleur n'effrayera pas ses enfants vivants.

Mais le plus souvent elle reste enfermée dans la chambre aux paons, les voilages de dentelle tirés sur le monde, à la manière de ce Valium qui l'embrume et la sépare de nous. Collée à sa porte, je guette un signe de vie, une respiration, un sanglot, terrifiée à l'idée qu'elle disparaisse elle aussi, que le chagrin la tue.

J'ai bientôt treize ans et ma grande mission vient de débuter : l'empêcher de mourir.

Si je pousse la porte, je sais que je la trouverai prostrée sur le lit, ou enfouie sous les draps en plein jour, la couverture tirée sur la tête, indifférente aux bruits de la maison, à ma présence, à ces roses jaunes au parfum de flan, juste là, derrière les voilages, dont elle aimait tant faire des bouquets.

Vous avez combien d'enfants ?, lui demandent parfois des inconnus.

L'horrible question qu'elle appréhende. Que répondre ?

Dire quatre, c'est mentir. Dire trois, aussi. Dire quatre, mais j'en ai perdu un, ça glace aussitôt la conversation. On voit naître la pitié dans le regard de l'autre, suivie par la peur. L'envie de fuir. Comme si le malheur était contagieux.

Je pense qu'elle n'a jamais trouvé la consolation. Qu'il n'en existe pas pour ce deuil-là. De même qu'il n'existe aucun mot. Cette absence l'indignait. Puisqu'on peut dire veuf ou orphelin, pourquoi n'y a-t-il pas d'adjectif pour les parents qui ont perdu un enfant ? Parce qu'on ne veut même pas y penser ? Parce que ça ne devrait jamais arriver ?

Je pense que sa vie s'est arrêtée ce dimanche de janvier, ce matin inerte, sans lumière, où la décision fut prise de débrancher mon petit frère.

J'ai eu une mère morte presque toute ma vie, et je ne le savais pas.

Le souvenir

Collé à la première page de son agenda, un petit bout de papier jauni, découpé dans un journal et lustré d'une couche de ruban adhésif.

« Le souvenir est le seul paradis dont on ne peut pas nous chasser. » Jean Paul

Cette phrase a dû l'aider à tenir le coup. Ou elle lui en a donné l'espoir.

Aujourd'hui c'est comme si elle me donnait le mode d'emploi pour supporter son absence.

La blouse en vichy rose

À quatorze ans je décide de ne plus porter que du rose. Je possède un col roulé couleur dragée et un pantalon en velours lait fraise que j'aime d'amour. À l'aide d'une capsule de Dylon « Cerise 44 » lâchée dans le lavabo de la salle de bains, je teinte ensuite jusqu'à mes tennis. « La Rose, au tableau ! », dit désormais le prof de maths.

Quand arrive le printemps, je rêve d'une blouse en vichy que j'esquisse dans mon cahier de dessin, avec ses manches bouffantes resserrées aux poignets, et elle me propose de la réaliser ensemble – c'est-à-dire surtout elle –, profitant de l'occasion pour m'apprendre à poser une ganse et coudre des boutonnières. Ensemble on se rend au magasin « Chez Joseph », lui aussi disparu entre temps, où parmi des centaines de rouleaux de tissu, classés comme les livres d'une bibliothèque monumentale, nous dénichons un vichy fleuri qui deviendra le plastron de ma blouse.

Sans le savoir, j'essayais de saupoudrer tout ce chagrin d'un peu de douceur, d'entrevoir une vie en rose malgré tout. Ce n'est qu'aujourd'hui que je le comprends, en faisant le lien avec la frénésie de rose qui s'est à nouveau emparée de moi.

Pendant les mois qui ont suivi la mort de ma mère, j'ai cherché, de manière obsessionnelle, une teinte particulière que j'avais en tête. Un peu celle des chewing-gums Bazooka, en plus intense. Je me rends bien compte que ça a quelque chose de pathologique, d'inquiétant peut-être, mais impossible d'y renoncer.

Un jour je tombe sur une étude concernant un rose similaire, le Baker-Miller Pink (aussi appelé P-618, Schauss Pink ou Drunk-Tank Pink), qui aurait la faculté de calmer les comportements agressifs. C'est en tout cas ce qu'affirme, dans les années 1970, le chercheur Alexander Schauss. Inspiré par les travaux du psychiatre suisse Max Lüscher, qui pensait que nos choix de couleurs reflètent nos fluctuations psychologiques et physiologiques, Schauss s'était dit que l'inverse pouvait également être vrai, que les couleurs pouvaient modifier notre état émotionnel et physique. Il réussit à convaincre les directeurs de la prison militaire navale de Seattle, Baker et Miller, de peindre quelques cellules d'isolement dans un rose sélectionné parmi des centaines d'autres. Et là, surprise : en quinze minutes d'exposition à cette nuance, les détenus les plus violents s'apaisent.

En cherchant encore, je découvre que la couleur qui m'obsède porte un nom : incarnadin. La version pâle de l'incarnat, cet éventail de roses – du bubble-gum au sirop grenadine – qui imite la couleur que l'émotion fait naître sous la peau.

Nos actes instinctifs sont souvent les plus étonnants. Une couleur qui parle de chair et d'amour, autrement dit de vie, quel meilleur antidote au deuil ?

Mary Poppins

Elles s'appellent toutes Maria.

Maria Lehmann, la mère de ma mère. Maria Pulqueria Pinto, celle de mon père. Marie mère de Dieu, la madone phosphorescente achetée au pied de la statue de Notre-Dame de Harissa, à qui j'adresse des chapelets de je vous salue Marie pleine de grâce protégez-nous des bombes. Eva Marie, ma poupée rose, mon doudou, cette chose infâme et adorée qui me suit partout. Et Mary Poppins, mon idole depuis toujours.

C'est le premier film qu'elle m'emmène voir au cinéma, vers l'âge de sept ans, et dans l'émerveillement du moment, tout s'est mélangé dans mon esprit d'enfant, je m'en rends compte aujourd'hui, Mary Poppins c'est elle, la même magie, le même enthousiasme, le sirop contre la toux qui prend le goût qu'on veut, la chambre qui se range toute seule, et les promenades, les chansons, sautiller au milieu des fleurs et des oiseaux, yeux bleus, lèvres framboise, la fantaisie mais la fermeté aussi, un condensé d'elle assaisonné de pingouins et de papillons, un cocktail de maman et de fée, de protection et de toute-puissance, dans une grande confusion d'amour et de vénération.

Le sécateur rouge

Le sécateur rouge qui valdingue dans ma Mini, tantôt dans la portière, tantôt sur la moquette ou le siège arrière, était toujours bien rangé dans le coffre de sa Renault du même rouge – la R5 puis la Clio – à côté du flacon d'engrais pour rosiers.

Il est passé de ses mains aux miennes, et c'est ensemble que nous nous rendons désormais au seul endroit qu'il connaît, ce lieu maudit où depuis mes presque treize ans je refuse de mettre les pieds pour ne pas imaginer mon petit frère couché tout seul dans la terre mouillée des primevères et des vers, sous le marbre sculpté de roses.

Elle comprenait. Ne m'a jamais forcée. Il n'est pas ici, me disait-elle, tu n'as pas besoin d'aller au cimetière pour lui parler, il est partout.

Colchiques dans les prés, fleurissent, fleurissent…, chantait-il tout fier, dans son pyjama imprimé de papillons et de coccinelles, cette chanson apprise à l'école, presque la première et déjà la dernière, *colchiques dans les prés, c'est la fin de l'été*.

Bambo

Que reste-t-il d'un petit garçon de huit ans, quatre mois et deux jours, maintenant que celle qui l'a mis au monde n'est plus de ce monde ?

Où est rangé ce qui a existé ? Tout s'est évaporé avec elle, comme cendres au vent.

Il y a tant de pertes que je découvre, en plus de la sienne, tant de deuils à faire, que le temps me révèle à la manière d'une poupée russe.

Que reste-il d'un petit garçon de huit ans, tué par un chauffard à la sortie de l'école ? Ses copains de classe, adultes aujourd'hui, pensent-ils parfois à lui ?

Que reste-t-il de qui que ce soit, trois générations plus tard, si personne n'écrit ? Qui se souvient encore de mes arrière-grand-mères ? Sans le parterre d'iris dans mon jardin, que resterait-il de Luise Ruegg ? Et si Alois n'avait pas rassemblé, dans deux épais volumes reliés de toile lie-de-vin, les poèmes que sa mère a composés tout au long de sa vie, que resterait-il d'Hermine Kaiser ?

Le souvenir de mon petit frère, Manuel dit « Bambo », vit en moi. Mais quand je ne serai plus là ? Ce sera comme s'il n'avait jamais existé. Alors j'écris, le peu qu'il reste de lui.

Chitty Bang Bang, ce film qu'il avait adoré et dont il écoutait la musique en boucle.

Adamo et Marie Laforêt, ses chanteurs préférés.

Son costume de Zorro. Sa toque de Davy Crockett, avec la queue de raton laveur dans le dos. Le chiot en peluche crème, aux longs cils brodés, qui dormait à plat ventre sur son lit. Le pistolet argenté, qu'on charge de rubans de papier dont les pastilles explosent avec une vraie et délicieuse odeur de poudre.

Un collage de feuilles mortes fait à l'école. Une sorte de feu.

Un oiseau de paradis au Neocolor mauve.

Un chien peint sur un carré de contreplaqué quand il avait six ou sept ans. Un pur chef-d'œuvre.

Le « gâteau-montagne », son favori. Un cake pointu, glaçage au chocolat et vermicelles de sucre vert pour imiter l'herbe, qui se découpe en tranches triangulaires rayées de crème au beurre.

Le pyjama blanc épais des cours de judo.

Les tubes de colle multicolore qu'on souffle à travers une paille jusqu'à former des bulles immenses et irisées. Son rire quand la bulle m'éclate au visage tel un bubble-gum géant. Ce rire gras, tellement ravi, tellement irrésistible que je fais volontairement éclater ces bulles, encore et encore, malgré le sale goût de colle qu'elles m'envoient dans la gorge, juste pour entendre son rire, encore et encore.

Cette comptine qu'il chantonnait, en alternance avec *Colchiques dans les prés* :

Mon petit lapin a bien du chagrin
il ne saute plus
ne danse plus dans mon jardin

Ce brin de conversation, que notre mère a noté dans un de ses agendas :

3 ans, Lebanon Beach

MOI

— Bambo, viens, sois gentil et mange ta viande
Comme ça tu auras des muscles.

BAMBO

— Je veux pas des muscles, je veux de la glace !

Domino le dalmatien chocolat, son meilleur copain.

Moi, sa « meilleure sœur », comme il disait.

Le pull marin

Le pull marin, à côtes anglaises et boutons de bois, que je tricote sur une plage italienne. Elle me taquine lorsque je me trompe, et remonte les mailles que je perds, troublée que je suis par ce maître-nageur aux boucles blondes qu'on appelle le *vieux steak* depuis que ma petite sœur a mal compris son surnom de *dieu grec*.

Ce pull – qui dépassait largement mes compétences de tricoteuse débutante – m'a donné tant de mal que je l'ai gardé, et à sa vue tout me revient : le bikini blanc imprimé d'étoiles de mes quinze ans, les parasols bleus claquant au vent, le sable brûlant sous les pieds, et dans le transat voisin, un drap de bain sur ses jambes de blonde allergique au soleil, ma mère qui lit, joue au Scrabble, mange des pêches, ma mère qui veille sur moi.

Les cailloux-hiboux

Les jours de pluie, dans le bungalow face à la mer, on peint des cailloux au stylo feutre, de petits galets ovales et plats, glanés sur la plage, qu'on transforme en hiboux, en chats, en chiens endormis ou en papillons parfois, avant de les laquer avec son vernis à ongles transparent.

Elle aime les pierres, elle en a une collection, alignée sur le rebord de sa fenêtre. Une famille de pierres chéries pour des motifs divers.

Certaines sont la présence prolongée d'un lieu (la Petrified Forest, une falaise irlandaise, une parcelle d'Israël), d'autres renferment un éclat de fossile, ont la forme d'un cœur, ou sont simplement belles, rondes et douces à la paume.

J'en ai gardé quelques-unes, qui sans doute m'ont conquise de la même façon qu'elle, sans raison, comme on tombe amoureux. Je les prends dans ma main, et leur peau qui a connu la sienne, d'une certaine manière me la restitue.

Des éclats de voyages

New Dehli, Janpath Market. Dans les vapeurs d'Agarbatti, elle m'achète une longue robe smockée jusqu'à la taille, coton violet, imprimé cachemire, le bonheur. J'ai quinze ans et je veux porter cette robe pour toujours.

Sur les plages d'Italie, été après été, on ramasse les os de seiche, curieuse matière ovale et blanche, striée, tendre sous l'ongle, une planche de surf format Barbie, que ma grand-mère fixera à l'aide d'une pince à linge aux barreaux de la cage aux perruches.

Notre premier repas au Nouveau Mexique, quelque part près d'Albuquerque, tard dans la nuit. Flippers, ampoules rouges, décor de cinéma. Pourquoi ils ont mis du miel sur la table ? on se demande. Peu après, ayant entamé notre chili con carne, on en pleure de rire et de piment. Le flacon de miel, c'est l'extincteur.

Memphis, Tennessee. Tous ces verrous à la porte de la chambre d'hôtel, sur les graffitis et les traces de pied-de-biche, puis dans cette rue sinistre où personne ne se promène, une musique à tomber à genoux, pleurant d'une fenêtre aux vitres brisées.

Maremme toscane, sept heures du matin, soleil levant entre les pins parasols. Je campe devant la boulangerie, sur le parking désert du supermarché, attendant les premiers *bomboloni*, boules grasses perlées de sucre au cœur de crème vanillée. Sa madeleine de Proust. L'huile imbibe le sac en papier, la chaleur monte dans le cabriolet, mais je ne m'arrête pas, dans sept heures je déposerai entre ses mains nos petits déjeuners d'enfance face à la mer.

Stockholm, la patinoire en plein air de Kungsträdgården, le jardin du roi. Dans la nuit poudrée de flocons, heureuse comme une enfant, elle n'est plus qu'un rire qui glisse et tourbillonne sur la glace. Bientôt ses genoux l'empêcheront de patiner, et le souvenir de cette ivresse polaire n'en aura que plus de prix.

Les bouquets

Elle en est fière, et elle a raison. Ses bouquets sont dignes d'un grand fleuriste. Avec des roses du supermarché et quelques feuillages piqués au jardin, elle crée des merveilles.

C'est un don qu'elle a. Faire du beau avec très peu. Une pierre bien ronde, posée sur le rebord de la fenêtre à côté d'une pomme de pin. Un brin de gui ou de sapin glissé dans le nœud du cadeau de Noël, ruban rouge sur papier kraft. Quelques noix au pied d'une cruche débordant de guirlandes de lierre.

Elle s'est essayée à l'ikebana, à une époque où c'était à la mode. J'étais trop jeune pour apprécier ces arrangements minimalistes, mais je me souviens du gadget lourd et piquant – hérisson de métal, boule de fakir –, qu'elle déposait au fond du vase pour y planter fleurs et branches. Et aussi des livres *Joyeux Origami*, remplis de cygnes, libellules et otaries en fin papier plié, autre fugitif engouement de ces années nippones.

Puis elle se lancera dans la composition de bouquets qui lui ressemblent : généreux, fantaisistes, exubérants, mariant allègrement roses blanches et baies de lierre, dahlias et chardons, branches de lilas, glycines et gypsohiles. Des bouquets ronds, voluptueux, souvent plantés dans des cache-pots blancs.

Pour les tulipes, elle a des idées précises : vases carrés ou rectangulaires, en verre transparent de préférence, pour ne rien perdre de la beauté des tiges et des petites bulles dans l'eau.

Surtout ne pas les arranger, les lâcher dans le vase comme une poignée de baguettes de Mikado – jeu qu'elle adore –, puis ne plus toucher à rien, laisser faire le hasard et la vie propre des fleurs.

Ne pas non plus les mélanger. En présence de tulipes de différentes couleurs, placer les bottes côte à côte dans le vase – jaune, rose, rouge… – et les laisser se débrouiller.

Comment me débrouiller sans elle, c'est la seule chose qu'elle a oublié de m'apprendre.

L'échiquier

Quelques années avant sa mort, à croire qu'elle pressentait qu'elle n'allait pas vieillir, elle débarque chez moi avec un échiquier qu'elle me confie comme s'il s'agissait d'un lingot d'or ou d'un bébé chien.

Elle voulait qu'il soit à l'abri, qu'il lui survive, et ça m'a vaguement inquiétée. N'était-il pas à l'abri chez elle ? Cette transmission me donnait le sentiment d'être déjà seule sur le quai, et je n'aimais pas trop l'idée.

Par ailleurs je ne sais pas jouer aux échecs, l'objet m'encombrait, mais comme ça semblait important pour elle et que je ne pouvais rien lui refuser, je l'ai adopté. Après l'échiquier, ce fut un étroit guéridon à rabats, sur lequel son père aimait jouer. Puis le tableau qui me fascinait enfant – la reine blanche triomphant d'un roi noir anéanti, les pions noirs en larmes, les pions blancs en liesse – qui se trou-

vait à l'origine dans la même pièce. Enfin je crois. Tant de choses invérifiables désormais. Tant de : Je crois, Peut-être, Il me semble.

Elle-même ne possédait que de rares objets ayant appartenu à ses parents. Ils en avaient peu, et elle n'a rien voulu garder, ou presque : deux albums de photos, quelques pièces d'une dînette d'enfant ornée de scarabées et de libellules, une mantille en dentelle, une coupe à fruits en verre taillé, le jeu d'échecs, la gravure de la reine blanche, et ce guéridon sur lequel mes ancêtres ont posé leurs mains, joué, perdu, gagné, ri, fumé, renversé des verres bien avant sa naissance et la mienne. Le bois a absorbé le vin et les larmes, le soleil par la fenêtre, la cendre de cigarette, l'empreinte de leur peau, et si j'y pose les mains à mon tour, d'outre-tombe nous nous rejoignons.

Sur cette photo, son père, si élégant (c'était avant que la guerre ne le détruise) et sa mère disputent une partie d'échecs sous l'œil d'Alois, le petit frère d'Albert. Ils se sont mariés un an plus tôt, et leur premier enfant, Maximilian, vient de naître. La reine blanche n'est pas au mur – ou pas encore, ou hors-cadre –, ils ont préféré la table de la cuisine au guéridon, mais l'échiquier est déjà là, en ce 28 septembre 1927, dans cette maison inconnue, sous leurs doigts disparus.

Ce qui ne sera pas

Cet après-midi qu'on projetait de passer à regarder *Ma sorcière bien-aimée* en mangeant des gâteaux.

La virée en Toscane au mois de mai, pour voir en vrai les champs de coquelicots des cartes postales.

Ce rêve qu'elle avait, et que j'aurais tant aimé lui offrir : être enfermée une nuit entière dans la boutique d'un fleuriste, pour y composer des bouquets à sa guise.

Le pèlerinage sur les lieux de son enfance.

Cette idée dont on parlait en rigolant – tout en se disant « pourquoi pas ? » – de vivre un jour ensemble en maison de retraite. On aurait fait la course sur le lino des couloirs (elle en chaise roulante, moi en déambulateur), participé aux ateliers de poterie, pâtisserie ou collages de fleurs aplaties, et papoté tard dans la nuit, avec les infirmières qui passent la tête dans l'entrebâillement de la porte pour dire ça suffit, vous dormez maintenant, tandis que nos enfances seraient remontées, bienheureuses et mélangées.

Je ne peux garder d'elle qu'un souvenir de jeunesse, et je sais qu'elle est contente de ça. Elle ne voulait pas devenir une vieille dame. Même si elle aimait me faire plaisir, et que moi j'aurais aimé qu'elle vieillisse, lentement, longtemps, pour m'occuper d'elle comme elle s'est occupée de moi, la protéger, l'accompagner, l'écouter me raconter sa vie à cet âge où le passé le plus lointain devient plus proche que la journée écoulée, la serrer longtemps, le plus longtemps possible contre moi.

Les anglaises

Je tire une mèche hors de mon chignon, et le bout de ses doigts est aussitôt sur ma peau, un peu froid, l'arrondi de ses ongles allongeant un ruban de cheveux au-dessus de mon oreille pour le boucler en anglaise. J'ai quinze ans, peut-être seize, une audition de piano probablement, le grésillement du fer à fleur de joue, une blouse Laura Ashley en dentelle, col montant, boutonnage compliqué, et elle regarde avec émerveillement la chair de sa chair se transformer en femme.

On est au printemps. Éternel printemps. Mes quinze ans, ses trente-huit ans rayonnants. Le soleil dans la maison. Les chatons du saule pleureur. Blondeur du monde.

Dans la pièce du fond, courbée sur le piano, je bute inlassablement sur le même virage de la valse n° 7 de Chopin. Quand je le passe sans encombre, c'est une petite victoire pour elle aussi – *yeah !*

fait-elle à la cuisine, la porte ouverte pour mieux m'entendre.

Est-ce que la joie se décide ? Ou revient-elle un jour d'elle-même, comme toutes ces choses qui savent qu'elles doivent exister, les fleurs, les fruits, les vagues, le vent ?

Des relevés bancaires, des factures, des traces…

Une note de restaurant. Elle a dîné à l'auberge El Greco de Lörrach-Brombach, le 5 mai 2005. Avec qui ? Trois verres de vin de la maison, deux bouteilles d'eau. Quelqu'un a commandé des keftedes (boulettes de viande à la grecque, sûrement pas elle !), quelqu'un d'autre un stifado (ragoût de bœuf, pas elle non plus), puis on lit « assiette d'entrées » (ça c'est elle !)

Sur Google je découvre les lieux et fonds en larmes. Pourquoi ? Une véranda en plastique soutenue par des colonnes grecques, des coussins rayés sur des chaises de jardin, des plantes malingres grimpant ici ou là, elle était dans ce restaurant, des gens l'ont vue, elle a parlé au serveur, elle a mangé, ri, bu du vin, elle a existé.

Une facture de vétérinaire au mois de mai.

Une terrasse à la campagne le 8 juin, anniversaire de mon père, où j'étais sans doute.

Un versement à la Fondation Beyeler de Riehen, en septembre. En consultant les archives de leur site, je découvre ce qu'elle est allée y voir : une rétrospective de l'œuvre de René Magritte.

Chez Interio, 14 novembre, elle achète une taie d'oreiller, des services à salade, une boîte en bambou et d'autres boîtes. Un autre jour (le bas du ticket manque, pas de date) des bougies, une lanterne, une housse de coussin.

Une radio de ses mains. Je pose les miennes dessus. Ce sont exactement les mêmes, même longueur de doigts, de phalanges, mes mains clonées sur les siennes. Une photocopie.

Le 8 juillet 2004, à l'aéroport de Luton, elle achète le *Guardian* pour mon père.

Le 20 juillet de la même année, elle passe une nuit à l'hôtel Azul Praia, Altura, Portugal. Le 22 elle dort au Residencial Serpinia à Serpa. Le 24, à Lisbonne, elle loue une VW Polo bleue chez Avis.

Un relevé de ses appels téléphoniques d'août 2004. Pourquoi a-t-elle surligné mon numéro en vert fluo, le 27.8. à 19 h 36, 7 minutes et 16 secondes (ça paraît bien court pour une de nos conversations) et le 1er août à 11 h 15, une seconde (répondeur sans doute) ??? Mystère.

Au fond d'un sac, les tickets de caisse de ses dernières courses, avant que le 28 mars 2013 une ambulance ne l'emporte, et plus jamais ne la ramène.

Des relevés bancaires, des factures, des traces... partout je la cherche, partout je la trouve, et pourtant elle n'est nulle part.

Le manchon de princesse russe

C'était à l'époque où, adolescente, je découvrais Tchékhov et Tolstoï, *La Cerisaie*, *La Mouette*, *Guerre et Paix*, et décidais d'apprendre le russe.

Elle m'a confectionné un manchon de satin noir matelassé, qu'elle a gansé de velours, doublé d'un reste de fourrure de lapin gris récupéré chez ma grand-mère, et muni d'un cordon pour le porter autour du cou. J'y glissais mes mains glacées, et dans les sombres matins d'hiver, sur le chemin du collège, je devenais Anna Karénine.

Il y avait toujours, dans le haut panier en rotin, des chutes de tissus, des pelotes de laine, des dentelles, des rubans, de vieux vêtements dans lesquels on pouvait se bricoler un déguisement ou découper des habits pour nos poupées.

Parmi eux, ce chapeau en raphia délavé, que tous les gamins de la famille ont porté sur leur tête hilare avant que je réalise que c'était une merveille de chapeau de soleil vintage comme on peut en voir au cinéma sur Romy Schneider ou Brigitte Bardot – Oh maman, je peux l'avoir ? Mais bien sûr, quelle question !

Ce vestige des jours heureux me parle aujourd'hui de la jeunesse du monde, des maisons pleines d'enfants, des interminables étés, de ce temps qui semblait devoir durer toujours, protégé par ses bras, son amour infini, où que j'aille je le sentais, or chaud, sucre fondu, et je le sens encore.

On croit que les mères sont éternelles, et en fait elles le sont.

Ce qu'elle aimait (5)

le fenouil cru
les jeux de mots
le fado
le chocolat
Leonard Cohen
les pommes Topaz
les atlas
les chats
le raisin muscat de Hambourg
la cathédrale de Cordoue
les corbeilles en osier
Garfield
le lierre
les pierres

Son écriture

C'est si difficile de la regarder. Si douloureux. Pour une raison mystérieuse, son écriture est plus bouleversante encore que sa voix sur le répondeur, plus vivante. Elle me la rend follement présente, comme si ses doigts venaient de tracer les courbes sur le papier. Impossible dès lors de jeter le moindre bout de feuille touché par son stylo, même une addition ou un numéro de téléphone griffonnés à la hâte.

Elle écrit assez mal – car trop vite, toujours pressée, dans l'efficacité –, de préférence avec un roller, ou avec ces stylos bille qu'elle achète par paquets de six au supermarché, ne gardant que les rouges, me donnant les verts et les bleus.

Quand on était enfants – parce qu'on consommait des quantités insensées de papier et qu'elle était écolo avant l'heure –, elle délimitait d'un trait de stylo les surfaces vierges dans les magazines, qui devenaient alors nos pages de dessin. J'aimais beaucoup ça.

Un autre jeu m'enchantait : du bout de son stylo elle esquissait un gribouillis, et à moi de le transformer en quelque chose, une princesse biscornue et sa crinoline, un chien bizarre, un oiseau fabuleux.

Bien qu'on n'ait jamais été longtemps séparées, en plus des téléphones et des textos, on s'envoyait des petits mots. Des cartes postales à chaque voyage. Des coupures de presse annotées. Il me reste une précieuse collection des messages qu'elle glissait dans ses grandes enveloppes rouges quasi hebdomadaires, remplies de choses « intéressantes ou/et stupides », parmi lesquelles un article sur les éphémères, sur lequel elle a noté « Pour toi qui aimes les libellules ! »

Môman signait-elle les derniers temps, et c'était encore plus tendre, le mot maman gonflé d'amour par le ô.

C'est elle qui m'a appris à lire et écrire. Je ne sais plus pourquoi. Peut-être séjournait-on en Inde, loin d'une école française, quand est venu l'âge d'apprendre ? Ou peut-être étais-je impatiente de plonger à mon tour dans les livres.

J'ai commencé par les romans de Colette, alignés au-dessus de l'*Encyclopædia Universalis*, que je pouvais atteindre en grimpant sur le dossier du canapé. *Chéri, La Chatte*. Je les ai lus et relus, avec délectation. Je me demande ce que j'en ai compris, à huit ou neuf ans, mais sans doute que le style de Colette m'émerveillait déjà, sa luxuriance, sa gourmandise, les fleurs et les félins alanguis que j'admirais moi aussi, sans avoir les mots pour le dire.

J'ai continué avec Sagan. *Aimez-vous Brahms, Château en Suède, Un peu de soleil dans l'eau froide* et, mon préféré, *Le Garde du cœur*, toutes ces histoires qu'elle avait dévorées et aimées, avant de les ranger sur les rayonnages de bois clair.

Lire n'est pas anodin. De même que quelque chose d'impalpable demeure en nous à jamais, comme une vie supplémentaire et secrète, un peu de nous subsiste entre les pages.

Les livres contiennent ceux qui les ont lus. Et les romans de Colette et Sagan sont désormais un lieu où la retrouver.

Les lions

Les petits lions en peluche dans sa voiture rouge. Elle les adorait. S'extasiait sur leur mignonnerie, ce qui ne lui ressemblait pas. L'un d'eux était son préféré, je ne sais plus lequel, mais j'aime à penser que c'est celui que j'ai gardé et que j'emmène partout en voyage.

Est-ce que ça remonte à ce jour d'été au zoo de Madrid ? On était allées rendre visite à mon père, qui était alors fonctionnaire à l'Organisation Mondiale du Tourisme. On dormait à l'hôtel Melia Castilla – je me souviens des théières argentées et brûlantes du petit déjeuner, des larges avenues par la fenêtre, de la moquette partout – et l'après-midi on se baladait.

Le gardien lui avait mis un lionceau mou et chaud dans les bras, ravissement dont elle ne s'est jamais remise, nous le racontant encore et encore, des décennies plus tard.

Je trouvais ça assez injuste, pourquoi elle et pas moi ?

Sur le cliché qui immortalise cette journée, pris par le photographe pour touristes à l'entrée du zoo, elle porte un T-shirt noir et une jupe en lin blanc, des sandales compensées, un chignon flou, et elle est si blonde et si radieuse, enthousiaste comme une enfant entrant dans un magasin de bonbons, que je comprends le geste du gardien de la fosse aux lions.

Ses petits délices

La glace vanille arrosée de sucre et de Cointreau, qu'elle mélange jusqu'à obtenir une texture de *soft ice* croustillante.

Les galettes de riz avec une couche de deux centimètres de miel dessus.

Les grissini qu'on pique dans une motte de beurre bien froid.

Les feuilles d'endives, debout dans un bol comme les pétales d'une fleur de lotus, qu'on trempe dans la vinaigrette.

Les tartines de pain beurré puis saupoudré de sucre.

Le lait à 0 % de matière grasse, fouetté avec de la poudre de cacao jusqu'à l'obtention d'une mousse presque solide, à savourer à la cuillère.

Les biscuits aux *Rice Krispies*

Faire fondre au bain-marie 100 g de beurre + 100 g de marshmallows + 100 g de caramels mous.

Ajouter 150 g de Rice Krispies.

Aplatir sur une planche et laisser refroidir avant de découper en carrés.

Le chagrin

J'ai parfois la nostalgie de la dévastation des premiers temps, de ce chagrin immense qui portait en lui une douceur secrète, celui de sa présence pas si lointaine encore, comme une caresse de l'air, et tout se teintait de cette douceur, je m'en souviens, le monde était un buvard gorgé de larmes, dont l'eau en suspension donnait une lumière spéciale aux choses.

Un vide étrange se crée à mesure que la douleur s'atténue, et la place qu'elle prenait devient alors une béance, une sorte de faim, un manque.

C'est du deuil dont il faut un jour faire le deuil, et ce n'est pas si facile.

Je ne veux pas que le chagrin s'arrête.

Je suis triste, tellement triste, si bien que quand je le suis moins, je le suis encore plus.

Les violettes

Je ne sais plus comment ça a commencé. Sans doute par un coup de foudre, un samedi matin aux puces, pour une assiette décorée de violettes, extraite d'une de ces boîtes proclamant « Tout à un franc ! » Puis une deuxième. À trois, c'est bien connu, c'est le début d'une collection.

C'est ainsi que les violettes sont entrées dans notre vie. Des assiettes, des tasses, des soucoupes, des cruches, des pots à lait, des sucriers, des coquetiers, des théières. Comme l'argent ne coulait pas à flots, j'imagine que c'était aussi une manière de s'offrir une jolie vaisselle à peu de frais. Et une joie à chaque trouvaille.

C'était vraiment charmant au jardin, à l'heure du thé, sur les nappes anciennes frissonnant de dentelles – autres trésors dénichés aux puces, dont elle me fait admirer les broderies, les ajours et les guipures, s'extasiant sur ce travail insensé –, avec les amis de toujours babillant sous le saule pleureur. Victor et Joyce dans sa robe à fleurs. Les yeux turquoise de Clare, pétillant aux côtés d'Aamir. Usha, Hassan, le chien Boboy. Les miettes de gâteau mêlées aux violettes. Des chats qui passent au ralenti.

Il eut quelques dérogations. Lilas et glycines furent admises au club des violettes. D'autres corolles parme aussi.

Je n'ai pas pu me séparer de cette vaisselle collectionnée avec tant de patience, si bien que depuis, comme elle, je déploie des nappes en coton immaculé qui s'envolent dans le soleil comme dans les téléfilms de Nina Companeez qu'elle affectionnait, et je les fleuris de violettes.

L'ombre d'un frère

J'ai toujours cru que mon oncle Alex était cheminot, sans doute parce qu'elle m'avait très vite répondu « Oui, oui » quand, ayant appris qu'il venait d'être écrasé par un train, j'avais demandé « Pourquoi ? Il travaillait sur les rails ? ».

Je n'ai plus posé de questions. Les autres avaient un parrain, pas moi. Mais comme je ne l'avais vu qu'une fois, à une époque où j'avais peu de cheveux et une barboteuse, ça ne changeait pas grand-chose.

La réalité était bien différente. Alex n'était pas cheminot. Il avait fait des études de paysagisme et d'horticulture, à Hambourg et en Allemagne de l'Est, puis des recherches génétiques visant à créer des tulipes noires ou des œillets verts, entre autres espèces fantasmées.

Un jour, alors qu'il travaillait comme paysagiste à Rheinfelden, taillant des marronniers dans un jardin public, son chef avait appelé à la maison, affolé. « Je ne sais pas ce qui s'est passé, je n'y comprends rien, il est tombé d'un arbre », répétait-il. Sa mère, qui avait déjà perdu un fils, s'était mise à hurler, en proie à une crise d'hystérie. Mais dans son lit d'hôpital, à peine sorti du coma, Alex rigolait en évoquant sa chute. Il était dans son arbre, en train de scier une branche, quand il avait vu passer son chef. « Tiens, ça lui ficherait une drôle de trouille si je tombais », s'était-il dit. Alors il s'était laissé tomber.

Pendant un temps, il a travaillé à Bâle chez un rosiériste. Le soir, il remplissait sa serviette des têtes des roses qui jonchaient le sol, pour ensuite les déverser sur une fille qui lui plaisait, dans le bus ou ailleurs.

Chaque fois qu'Alex est dans un arbre il a envie d'en tomber. Il finit donc par arrêter le paysagisme, et les tentatives d'hybridations. Il épouse une jeune comptable rousse portant le même prénom que sa sœur, et monte diverses entreprises qui se soldent chaque fois par une faillite.

Après des années d'échecs, d'épisodes dépressifs et d'accidents de voiture, Alex, alors père de quatre enfants, est attendu au service de psychiatrie de l'hôpital de Stuttgart.

Il ne s'est jamais présenté à son rendez-vous, en ce matin de mars. Il a erré jusqu'au soir, puis il s'est jeté sous un train.

À seize ans, Alex avait été envoyé à la guerre. On est en 1944, il ne reste plus assez d'hommes dans l'armée allemande, alors ce sont les adolescents qu'on expédie au front.

Alex est fragile, il a perdu son frère à l'âge de dix ans, il est de constitution frêle, mais il part malgré tout au combat. Il est fait prisonnier en France, oublié sans nourriture, mourant de peur et de faim, dans un bâtiment vide et insalubre dont il finira par s'évader en sautant d'une fenêtre. Il mettra trois mois pour rentrer chez lui, à pied, marchant sur une cheville cassée, dormant dans des granges, démoli à jamais par cette guerre, comme son père avant lui.

L'origine du monde

Il fait beau. Elle me regarde avec ses yeux de ciel. On le contemplait ensemble, dans la roseraie du parc La Grange, où j'ai appris à marcher. Sur ce qu'il en reste, une photo minuscule, je porte un manteau bleu pâle et je tiens fort sa main. J'aime les balançoires, les vermicelles en chocolat sur les tartines, la machine à écrire de mon père, tourner sur moi-même jusqu'au vertige, toutes ces choses qu'elle est la seule à savoir. Les traînées blanches que laissent les avions dans l'azur me font pleurer. Un jour elle parvient à m'en faire dire la raison : « On a gribouillé le ciel ! »

Moi petite est partie avec elle. Il n'en reste plus rien, plus aucun souvenir, nulle part. Plus personne qui me regarde comme un enfant. Et c'est un autre deuil à faire, cette partie de moi disparue, qu'aucune mémoire aimante ne pourra ressusciter.

Sa perte en cache tant d'autres. Elle était à l'origine du monde. Elle détenait le savoir, les réponses, la mémoire. Tout s'est envolé avec elle.

Les cyclamens

Peu après sa mort, un tapis de cyclamens se met à pousser au pied de mon arbre préféré, un chêne nommé Froglund. De minuscules cyclamens sauvages, d'un rose éclatant. À mesure qu'ils émergent de la terre, se dépliant lentement vers le ciel, mon enfance au Liban affleure dans un mouvement parallèle, une même remontée des profondeurs.

L'école Notre-Dame des Anges. Le tupperware d'eau gelée avec lequel on part le matin. Les carrés de pâte d'abricot. Le zaatar mendié au vendeur de galettes, léché dans le creux de la paume à la récréation. Les leçons de piano chez M. Jean. Le cours de ballet de Mlle Lisette Daimsis. Les pots en carton remplis de glaces aux parfums bizarres et mélangés. La madone phosphorescente. Et les cyclamens.

Dès que je peux, je file en cueillir dans la forêt d'oliviers en bas de notre immeuble, sur la colline de Hazmieh. C'est encore dans mes doigts, la légère résistance de la tige, ploc, quand je la détache du tapis de feuilles si parfaites, lisses et propres comme celles des nénuphars. C'est encore dans mes yeux, l'enchantement de la tache claire aperçue au loin, le petit lac de fleurs vers lequel je cours, plongeant

dans ces pétales dressés comme des ailes d'anges, ces corolles si nettes, sans fioritures, que j'aligne dans ma main serrée pour en former un bouquet bien rond à offrir à ma mère.

J'en rapporte tant qu'elle ne sait plus où les mettre, remplissant cruches et chopes de bière. L'appartement en est plein. Je suis avide de ce bonheur. Courir sous les oliviers et couvrir ma mère de fleurs. Son sourire bleu quand je lui tends mon offrande.

Ce jour-là j'accepte de poser devant ma cueillette du jour. J'ai neuf ans et un bébé que je trimballe partout, ma toute petite sœur dont je suis folle.

Chaque hiver, aux premiers jours de janvier, le tapis rose s'étend au pied de mon chêne. Ça me ravit et me désole. J'aurais tant aimé le lui montrer. On se serait amusées de ce clin d'œil de la nature, et elle aurait évoqué, une fois de plus, ses souvenirs de fenêtres obstruées par ces maudites fleurs. Ces cyclamens qu'elle détestait, peut-être parce que sa mère les aimait. Et qu'elle n'aimait pas trop sa mère. Enfin si, je ne sais pas, c'est compliqué, et je ne peux plus lui en parler.

Quoi qu'il en soit, je sentais qu'elle était heureuse de ce lien invisible entre ma grand-mère et moi. Qu'il y avait là une sorte de douceur. Une réconciliation silencieuse. Ces goûts qu'elles ne partageaient pas – les cactus, les glaïeuls, l'aneth, le jaune, les cyclamens – qui, sautant une génération, étaient passés directement de sa mère à sa fille, ça réparait quelque chose.

Des voyages dans le temps

Le canard en ciment acheté avec elle à Nashville, Tennessee, dans une brocante nommée Cinderella.

L'ours-carillon de Taos Pueblo, en cuivre découpé, qui depuis ce lointain périple tinte au-dessus de toutes mes portes d'entrée.

La table de jardin repeinte tant de fois, aux trous d'égouttage en forme de soleil, autour de laquelle la famille se réunissait à l'heure du thé. Aux autres moments – et parfois à l'heure du thé aussi – on y trouvait un chat endormi, un arrosoir, un livre ouvert…

La drôle de vasque en Eternit gondolé, qui a dû contenir des pétunias si j'en crois la sensation collante au bout de mes doigts, rien qu'à la regarder.

Sa chemise de nuit à fleurs 70's turquoise, que j'ai raccourcie pour la porter en robe d'été.

Toutes ces reliques de la vie d'avant, dans celle d'aujourd'hui.

Et sa présence qui les traverse.

Ses collections

La vaisselle à violettes. Les trèfles à quatre feuilles dans leurs cadres de bois, accrochés au mur comme des tableaux. Les cruches anciennes en porcelaine décorée de fleurs et de fruits. Les petites salières chapardées dans des restaurants du monde entier.

Éparpiller les collections d'une vie, la joie contenue dans chaque nouvel objet, ce serait accepter l'idée qu'elle ne reviendra pas. Que jamais plus elle ne cueillera un trèfle parmi des milliers d'autres, avec dans l'œil cette lueur de victoire enfantine. Que jamais plus elle ne battra des cils pour que le serveur d'une trattoria romaine ou d'un *diner* américain la laisse emporter cette salière si mignonne.

Alors elles vont rester, les violettes, les cruches et le reste, comme une collection de petits morceaux d'elle.

La fête jaune

Quand j'arrive pour souffler mon gâteau d'anniversaire, j'ai du mal à reconnaître le salon familial. Des bouquets de jonquilles, narcisses et tulipes jaunes fleurissent dans tous les coins, et elle a planté des bougies couleur maïs dans les chandeliers. Il y a aussi des brassées de forsythias, des œufs durs peints en jaune canari, des coupes remplies de citrons ou de pommes golden, des bonbons-bananes perlés de sucre, des amaretti dans leur papier frangé (seulement les jaunes, bien sûr), et sur le buffet à incrustations de nacre, en équilibre sur un plateau d'argent, une nature morte de poires, pamplemousses, papayes et pomelos, qui semble attendre le pinceau du peintre. Tout ce jaune m'éblouit.

C'est ce qu'elle voulait. La maison triste remplie de soleil. Un peu de lumière dans nos vies.

Il y a un an, on ne savait même pas si on était vivants.

Alors en ce printemps elle décide de célébrer sa fille encore en vie, sa fille folle de jaune – une couleur qu'elle-même déteste, mais peu lui importe –, sa fille qui, comme elle, a sombré dans ces abysses dont on croit ne jamais pouvoir remonter et qui pourtant est là, debout – ou se roulant par terre avec le chien –, et c'est aussi étonnant que les bourgeons aux doigts des arbres, aussi merveilleux, sa fille qui sourit au milieu du salon ensoleillé.

Seuls ceux que les drames ont épargnés croient que le sourire est une preuve de bonheur, alors que ce n'est parfois qu'une tentative de survie, c'est ça ou s'écrouler, alors oui on sourit, de toutes ses forces, espérant convoquer le bonheur en imitant son visage, comme dans cette chanson de Nat King Cole que chantonnait mon père depuis que sa mère la lui avait demandée sur son lit de mort :
Pretend you're happy when you're blue…
It isn't very hard to do

On avait dû apprendre ça. S'autoriser à sourire, et même un jour à rire, sans culpabiliser. Sans se soucier du regard des autres. S'autoriser à vivre.

Sourire est à la fois une politesse et un courage, une dignité et un entraînement. Elle n'a jamais cessé de sourire. Moi non plus.

J'ai souri à son enterrement. À tout le monde. Elle leur souriait à travers moi. Derrière l'église, dans le soleil filtré par les platanes de la place du Marché, il y avait du vin, des choux à la crème et du gingembre confit, l'air avait une douceur d'été, et malgré la douleur fulgurante, le sabre planté dans mon cœur, j'en garde un souvenir presque joyeux. Elle aurait aimé ce moment. Elle aurait été fière de moi.

Dans le salon peuplé de jonquilles de ce lointain printemps, j'ignorais ce qu'elle me transmettait sans prononcer un mot. Toujours se relever. Comme ces jouets impossibles à renverser, souriant sur leur socle convexe.

Toujours choisir la vie.

Quand arrive l'automne, bien que ce soit désormais pour nous la pire des saisons, elle décide de l'aimer plutôt que de le subir. Elle ramasse des marrons qu'elle dispose dans des coupes, elle achète à la ferme des courges énormes et rousses, elle compose des bouquets de baies et des arrangements de pommes cabossées comme nous, et c'est très beau.

La rose

Ils avaient posé une rose sur son ventre.

Et c'était peut-être ça, le plus insupportable : cette rose qui, même coupée, était plus vivante qu'elle. Cette rose couleur de sang.

Du sang, il y en avait quelques gouttes encore, sur le sol immaculé.

Les gens de l'hôpital avaient eu l'air désolé, un court instant ils avaient dit les mots, on a fait ce qu'on a pu, elle n'a pas souffert, les mots qu'on dit dans ces cas-là, puis ils étaient partis prendre soin d'autres morts dans les couloirs vert pâle.

J'avais regardé la rose. Et le sang sur le carrelage.

Pour ne pas la regarder elle, ma petite sœur endormie dans ses vingt ans et sa si jolie peau.

Depuis je n'ai jamais cessé de me demander pourquoi je ne suis pas morte à cet instant précis.

Comment peut-on survivre à tout ?

Perdre un enfant est la pire chose qui puisse arriver, dit-on. Mais en perdre deux ? Il n'y a pas de mots.

J'ai serré ma mère dans mes bras. Elle semblait friable, en matière d'oiseau, des petits os mélangés sous la soie du chemisier, comme si sa chair s'était envolée avec la vie de son enfant.

Ma douleur un instant s'est tue, écrasée par la sienne et décuplée en même temps, tandis que se réveillait la terreur de mes treize ans : que le chagrin la tue, que je la perde elle aussi, et j'aurais tout donné pour lui épargner les temps à venir, les jours, les mois, les années, le trou noir, ce nouveau deuil impossible.

Être seule à pleurer aujourd'hui, dévastée par une mort qu'on ne partagera pas, est une étrange et douce consolation.

Les oléandres

Les lauriers-roses sur la terrasse, c'est sa présence aussi. Les fleurs légères comme des baisers, leur exquis parfum poudré, cette exubérance joyeuse.

Tout est parti d'un rameau arraché sur une autoroute de Toscane – son bras tendu par la fenêtre, quelque part entre Gênes et Livorno –, à une époque où les jardineries de nos contrées ne vendaient pas encore de lauriers roses, mais où un flot ininterrompu de ces fleurs multicolores et froissées par le vent des voitures, débordait de la glissière centrale de l'A12.

Oléandres, disait-elle, traduisant sans doute de l'allemand *Oleander*. À force de patience, la bouture a fini par émettre de fines racines, et notre premier laurier rose était né – suivi de tant d'autres, au fil des étés italiens.

Le rose double. Le rose vif. Le blanc aux airs de frangipanier. Le rouge, elle l'a créé tout spécialement pour ma petite sœur, qui rêvait d'un laurier en forme d'arbre. Une goutte de blanc éclaire chaque corolle rouge sombre, comme une coulée de crème sur un sorbet cassis – ou comme une larme.

Mais, ça, on ne le savait pas encore. Il m'est aujourd'hui doublement précieux, car toutes deux vivent dedans.

Seafood Mama!

Sur les routes du Nouveau Mexique, avec les Andrews Sisters dans l'autoradio, on hurle « *Seafooood* MAMA ! » dans la longue Buick bleu cobalt, de Santa Fe à El Paso, « *...shrimps and rice... are very nice !* », c'était ça ou mourir toutes les deux, le cœur brisé, en cet automne maudit.

Quand s'allume le crépuscule et le gémissement des coyotes, on s'arrête au premier motel venu, parfois très tard, affamées, ayant traversé des déserts lugubres en criant toujours plus fort – SEAFOOD MAMA ! – jusqu'à l'apparition d'une enseigne clignotant dans le noir, un cactus en néon, un palmier, un Bambi surplombant ces mots magiques : *Open. Vacancy. Nice rooms. Cable TV.*

Puis on regarde *Lupita Lopez*, une telenovela mexicaine qui nous suit de ville en ville. On n'y comprend rien, mais ça nous va, on ne comprend plus rien à la vie de toute façon.

Des gestes

Je suis elle quand je secoue mes doigts mouillés dans le sac en plastique du pain libanais, avant de l'entortiller et le fermer à l'aide d'une pince à linge en bois, pour qu'il reste bien moelleux.

Je suis elle quand passant à côté du bouquet de roses, je déplace une tête, je tire sur une feuille, je raccourcis une tige, à la recherche d'une inaccessible perfection.

Je suis elle quand j'aligne dans une coupelle argentée une armée de petits Père Noël en chocolat vêtus de papier métallisé, et que l'inutile joliesse du résultat me ravit.

Je suis vraiment elle quand ma bouche envoie de l'air vers le haut, comme pour chasser de fins cheveux de mon front, et je ne m'en lasse pas tant c'est prodigieux : dans ce souffle, ce fff sec et bref, elle est là ! Elle est moi.

Des robes

7 ans et demi

Sur le long balcon où souffle le khamsin, ce brûlant vent de sable venu de Syrie, elle coud à la main les ganses d'une robe que j'attends en trépignant d'impatience – plus vite, plus vite ! –, des mètres de ruban vert épinard, ourlant les trois volants d'une petite merveille en piqué de coton imprimé de fleurs stylisées.

Presque 9 ans

Durant les mois précédant la naissance de ma plus petite sœur, elle porte une chose floue, en voile de coton, dont l'imprimé impressionniste m'émerveille. Une sorte de jardin à la Monet. Elle y découpera bientôt une robe à ma taille, avec des manches ballon en prime, que j'ai tant aimée que si j'avais pu choisir, j'aurais préféré ne jamais grandir plutôt que d'avoir à la quitter.

16 ans
La robe de mes rêves est longue et romantique, en velours chocolat et col de dentelle. Je dessine, elle réalise.

Bientôt 18 ans
Un tourbillon de volants façon pétales chiffonnés par le vent, pour lequel j'ai le coup de foudre dans un magazine. L'empreinte de ses mains est toujours sur le tissu, dans le fil fixant les plis minuscules de la percale qu'elle glisse sous le pied de biche, centimètre par centimètre, ongles nacrés contre métal argenté, saccades de la pédale de la machine à coudre Necchi dont elle est si fière, je la vois courbée sur ma future robe, l'étoffe glissant sur ses genoux, et cette mèche échappée de son chignon, dorée par la petite lumière au-dessus de l'aiguille, qu'elle chasse de temps en temps en soufflant vers son front.

Sur une photo qui me captivait enfant, elle est assise en noir et blanc dans un champ de lupins sauvages. Quinze ans et des boucles, les joues rondes, et tout autour de sa robe bordée de galon croquet, un océan d'inflorescences plus hautes qu'elle, qu'on devine violettes et remuées par le vent.

Je repense au voyage en Allemagne, avec mon oncle Victor et sa femme Lea, tout juste débarqués de New York. Ils roulent depuis des heures, il fait chaud, quand soudain elle s'arrête au bord d'un petit lac, un décor de carte postale, si on allait se baigner ? dit-elle, arrachant sa robe en crêpe de coton parme, et hop, elle entre dans l'eau limpide et fraîche, sous les grands bras sombres des sapins, et nage un long moment. « Comme un dauphin », précise l'oncle Victor, enchanté par cette spontanéité, cette joie pure.

Elle a vraiment aimé ça, la vie, malgré tout.

Alors aujourd'hui, je le sens, c'est elle qui me pousse à poursuivre cette vie qu'elle m'a transmise, dont seule l'idée de sa survivance l'a aidée à quitter ce monde, la certitude que je continuerais de le fouler de mes pieds nus, marchant dans les fleurs et les ruisseaux, la chaleur du soleil sur ma peau qui est d'elle, la sienne encore, si on regarde bien.

Les parfums d'une vie

Diorissimo de Dior
Arpège de Lanvin
Paris d'Yves Saint Laurent
Trésor de Lancôme, brièvement
Ombre Rose de Jean-Charles Brosseau,
longtemps
Shalimar de Guerlain
N°5 de Chanel pour toujours, souvent adouci
d'un pschitt d'*Ombre Rose*

Piero della Francesca

La Madonna del Parto est la première chose qu'on voit en entrant chez elle. Le visage énigmatique de la Vierge enceinte, debout entre deux anges spéculaires écartant les rideaux d'un baldaquin brodé de grenades, et dans un même bruissement de velours froissé, la robe qui s'entrouvre, ample et bleue, sur le ventre où grandit le divin enfant. La délicatesse de la main posée sur ce renflement, à la fois protectrice et fière.

Elle est amoureuse de cette peinture, bouleversée chaque fois qu'elle la regarde, et j'imagine son émotion quand elle se retrouve pour la première fois face à l'original, le 11 juin 2003 à Monterchi, Toscane.

Piero della Francesca y revient en 1459, à la mort de sa mère, et peint cette madone en sept jours, au fond de l'église de Santa Maria di Momentana – qui sera détruite quelques siècles plus tard, en 1785, pour céder la place à un cimetière. Une petite chapelle funéraire est alors érigée contre l'unique vestige de l'église, le mur de cette Vierge justement, qui sera redécouverte en 1889, restaurée, démontée, et finalement exposée dans l'école du village, protégée par l'épaisse plaque de verre devant laquelle se tient ma mère en cet après-midi de juin.

Après Monterchi, elle roule jusqu'à Urbino pour admirer la *Flagellation du Christ* au Palazzo Ducale, une tempera sur bois de peuplier, dont la complexité tant géométrique que symbolique en fait une des œuvres les plus commentées de l'histoire de l'art.

À Sansepolcro, ville natale de Piero della Francesca, elle découvre sa première peinture connue, *Le Polyptyque de la Miséricorde*, ainsi que l'étrange Jésus drapé de rose fraise de *La Résurrection*.

Le lendemain, à Arezzo, après avoir visité l'époustouflante Basilica di San Francesco, dont le cycle de fresques déroule – sur plusieurs niveaux, du sol au plafond – la *Légende de la Vraie Croix*, elle note « très beau ! » dans son agenda. Et aussi « 40 °, trop chaud !!! ».

À Florence enfin, dans la Galeria degli Uffizi, elle s'attarde devant le *Triomphe de la chasteté*, un mystérieux diptyque à double face, avant d'aller écouter un *Ave Maria* dans une petite église où forcément elle pleure, même si elle ne l'écrit pas.

Elle a une passion pour la peinture, prend des cours du soir pendant quelques années, son professeur lui trouve du talent, puis elle laisse tomber, j'ignore pourquoi, mais elle continue de passer des heures dans les livres d'art qui s'entassent autour du canapé bleu, dans une sorte d'état méditatif. Elle aime Fantin-Latour, Bronzino, Le Caravage, Raphaël, Modigliani, Magritte, Chagall, Botero, Le Douanier Rousseau, Balthus et tant d'autres, mais seul Piero della Francesca l'émeut aux larmes. Et sa madone enceinte plus que n'importe quelle autre.

Son visage, sur lequel on a beaucoup disserté, semble connaître déjà le destin de l'enfant à naître. La joie est voilée de tristesse. De résignation. C'est peut-être ce qui la bouleversait tant. Donner la vie, c'est donner la mort aussi. Elle le savait mieux que personne.

Dans une enveloppe pleine de photos ayant échappé aux albums, j'en découvre une, prise le jour du baptême de son petit garçon. Ses mains sont invisibles, de sorte que mon frère, dans sa longue robe ornée de rubans bleu ciel, semble flotter devant elle, un angelot prêt à s'installer dans les nuages, et elle – sous une chevelure d'une couleur que je ne lui ai jamais vue – a un regard si étrange qu'on dirait qu'elle sait déjà, qu'elle va lever les bras pour le laisser s'envoler, telle une blanche colombe. Le regard de la Madonna del Parto, perdu dans un futur que personne n'imagine encore.

Ce qu'elle aimait (6)

les meubles en rotin
les films de Fellini
le mascara bleu marine
les dictionnaires
les biscuits très durs à l'anis
le vernis à ongles blanc nacré sur les pieds
Le Génie des alpages, de F'murr
l'après-soleil Delial
les pots en terre cuite claire
les chèvres
les dessins de Mordillo
le cachemire
rouler dans la Forêt-Noire
apprendre

Fanny & Alexandre

On avait vu le film d'Ingmar Bergman, *Fanny & Alexandre*, dont j'étais ressortie des étoiles plein les yeux, éblouie par la scène du réveillon de Noël, les lumières, les fleurs, l'époustouflant buffet, cette luxuriance en rouge et blanc.

Quelques mois plus tard, comme chaque 24 décembre, j'arrive chez mes parents pour fêter Noël. Je gare ma voiture dans la nuit glacée, l'herbe crissante de givre, le jardin obscur, humide, hostile, et quand je pousse la porte de la maison plongée dans la pénombre, une sensation que je croyais perdue descend sur moi comme une grande cape scintillante.

Figée sur le seuil, je ne peux que pousser des oooh et des aaah, avec sans doute la même expression que le soir de mon premier Noël, en grenouillère dans ses bras, découvrant le sapin étincelant, les bougies, les guirlandes, les rois mages, toute cette beauté.

Mais entre enfin, tu vas prendre froid ! dit-elle en riant.

Le salon n'est éclairé que par les flammes dansantes des chandeliers, si bien que l'espace semble mouvant, d'une magie fugitive. J'ose à peine avancer, de peur de rompre l'enchantement.

Avec les moyens du bord, beaucoup d'imagination, de travail et d'amour (un cocktail qui la résume bien), elle a recréé l'atmosphère de F*anny & Alexandre*. Je me souviens des rubans vermillon déroulés sur la nappe blanche, des bougies partout, embrasant le cristal et l'argenterie, de l'abondance de coupes et de bols débordant de clémentines, de pains d'épices, d'étoiles à la cannelle, de pommes dont elle a lustré les joues rouges avec un torchon de cuisine, et de Père-Noël en chocolat alignés comme des soldats dans une corbeille à pain.

Tout ce travail insensé, juste pour revoir mes yeux d'enfant émerveillée. Puis tel un miracle de Noël, cet effet imprévu : la joie qui semblait l'avoir quittée pour toujours, ressuscitée en se découvrant dans mes yeux.

Que devient l'amour d'une mère quand elle s'en va ?

L'Irish Mist

Dans le magazine de l'avion, quelque part entre Genève et Cork, je suis intriguée par une publicité pour un mystérieux alcool irlandais.

Comme on est curieuses toutes les deux, on en commande un verre, à peine arrivées, au bar sombre du petit hôtel. Un verre, puis deux. Trois, peut-être, je ne sais plus. C'est délicieux, du velours sucré, la pluie frappe les vitres, on est heureuses d'être ensemble, et en regagnant notre chambre, sur la moquette de l'étroit couloir, on titube un peu et on rigole beaucoup.

L'Irlande, on en rêvait depuis longtemps. Le vert, les falaises, les macareux, les cercles de pierre, les leprechauns cachés au pied des arc-en-ciel. « Tu cries PHOTO si tu veux qu'on s'arrête, d'accord ?, dit-elle en prenant le volant de la voiture de location. Autant de fois que tu veux ! » Et elle tient parole, sans jamais se plaindre, bien que je crie PHOTO pour chaque église, chaque dolmen, chaque bélier au drôle de regard, chaque tapis de trèfle ou de violettes des marais scintillant au pâle soleil de mai.

Le soir suivant, au retour des verts paysages saupoudrés de moutons et de petites filles rousses, le barman nous racontera l'histoire de cette « brume irlandaise », un alcool dérivé du vin de bruyère qu'on servait aux chefs de clan au Moyen Age, mélange secret de liqueur de whisky, d'herbes aromatiques et de miel, dont la recette millénaire – perdue dans les années 1690 – fut retrouvée en 1947 à Tullamore, non loin d'ici, dans un vieux manuscrit.

Depuis lors, à chaque voyage, je hante les duty free pour lui dénicher une bouteille de ce rare breuvage. C'est devenu son péché mignon, elle qui ne boit pas, qui est pompette après une demi-coupe de champagne et s'autorise tout au plus deux doigts de porto, et encore, rarement.

En vidant son appartement, j'ai trouvé un demi-flacon d'Irish Mist dans le vaisselier, mais je n'ai pu y goûter. Le velours et le sucre ont disparu de ma vie.

89 cartes postales

Dans ce qu'il reste d'elle, il y a aussi ce qu'elle avait gardé de moi. Beaucoup de photos, des bricolages de l'école primaire, des dessins, des cadeaux, tous mes articles parus dans la presse – soigneusement rangés dans un épais dossier à élastiques dans lequel je découvre une fierté de mère qui m'étreint le cœur –, et 89 cartes postales, signées d'une tête de fille à tresses, que je lui ai envoyées de voyages presque oubliés.

Toscane *Tutto bene, soleil, mer (presque) tiède, pasta & gelati…*

Ocho Rios, Jamaïque *Le labrador Shadow était content de me revoir (oui, il y a des alligators en Jamaïque)*

Ostuni, Pouilles *Maisons blanchies à la chaux, citrons et nèfles sur les arbres…*

Noirmoutier *On mange des coquillages et ça sent partout les gaufres…*

Paris *Vas vite voir le film argentin* Ne meurs pas sans me dire où tu vas. *C'est magnifique !*

Seychelles, New Orleans, Montego Bay, Pisa, Nervi…

Les livres

Une passion dévorante mêlée de souffrance. Celle de savoir que quoi qu'elle fasse, jamais elle n'arrivera à lire tous les livres. Pourtant elle essaie, assise des journées entières à la table de sa cuisine, grignotant du raisin bleu, du Ragusa noir, du gingembre confit, des clémentines. Engloutissant des pages et des pages. En français, en anglais, en allemand. Mais il y a toujours plus de livres que d'heures, et toujours moins d'années à l'horizon. Ça la rend triste. Elle calcule que même en lisant jour et nuit, toute une vie durant, il est impossible de tout lire.

Il y a les auteurs dont elle a tout lu (ou presque) : Annie Ernaux, Paul Auster, Patrick Modiano, Marguerite Duras, Françoise Sagan, Anton Tchékhov, Colette, Heinrich Böll, Jim Harrison, Tony Hillerman, Philippe Djian, Didier Decoin, Didier van Cauwelaert, Jane Austen, Donna Leon…

Elle lit aussi le journal. Très sérieusement. Presque chaque ligne, de la première à la dernière page. Elle veut tout comprendre du monde. Tout savoir. Sa boulimie d'apprendre ne la quittera jamais.

Alors il y a les livres sur la Shoah, les Indiens d'Amérique, les gitans, l'histoire des religions, la peinture, le cinéma, les oiseaux… il y a la Bible, qui la passionne, et tous ces magazines auxquels elle est abonnée, qu'elle dévore chaque mois : *Animan*, *Geo*, *National Geographic*, *Le Monde des religions*…

Et il y a mon premier roman qu'elle n'aura pas eu le temps de lire, ni même de prendre dans ses mains. Ce deuil supplémentaire, avec lequel je reste seule.

Les anges

Sur le balcon de Beyrouth, dans sa robe à fleurs, elle tient dans ses bras ses deux plus jeunes enfants, ignorant qu'ils disparaîtront l'un après l'autre dans les années à venir.

Elle est fatiguée. Ses yeux disent à la fois le bonheur et l'épuisement d'élever quatre enfants dans la chaleur d'une ville étrangère. Elle vient d'avoir trente-trois ans.

En triant des papiers, je tombe sur une photo de sa mère, exactement quarante étés plus tôt, ma jeune grand-mère en robe à fleurs, assise dans son jardin potager. Elle tient sur ses genoux son dernier-né, Alex, un bébé aux boucles brunes que la guerre détruira. À ses côtés Max, le « fils parfait », si beau et si joyeux, qui mourra bientôt d'une septicémie, juste avant la découverte de la pénicilline.

Le débardeur rose

Elle me l'avait crocheté à l'aube de l'adolescence, dans la nuance de lait framboise dont je rêvais. Des soleils dans des carrés, assemblés façon Paco Rabanne. J'étais folle de ce débardeur. Je l'ai beaucoup porté. Et puis je ne sais plus. La mode du crochet a passé. Ou j'ai grandi. Ou les mites l'ont mangé. Quoi qu'il en soit, il a disparu.

Des décennies plus tard, je le revois sur une photo et la nostalgie m'envahit. Maintenant que j'y repense, ce sont sans doute mes presque treize ans que je regrette, mon frère qui se roule dans les pâquerettes avec Domino le dalmatien, ma petite sœur rieuse et potelée comme une poupée, mais tout se cristallise dans la disparition de cet ouvrage en crochet rose.

Dans le plus grand secret, elle part alors à la recherche de la laine lait framboise. À l'aide d'une loupe, elle agrandit le point jusqu'à le reconnaître sur la photo, et malgré ses doigts raidis par l'arthrose, elle se lance dans cette entreprise insensée : reproduire à l'identique le débardeur crocheté pour sa fille de douze ans et demi.

Peut-être qu'elle aussi avait la nostalgie de cette époque, du jardin plein d'enfants et de chats endormis, des mazurkas de Chopin, des pièces de théâtre au salon, Maria Pacôme, les rires, le soleil couchant dans les saules, et sa fille aînée dans un débardeur rose.

Arrive mon anniversaire, et alors que je suis adulte (ou que je devrais l'être), dans le papier défroissé ils sont là : mes presque treize ans, intacts ! Et tout son amour dans les mailles entortillé.

Une photo du bonheur

ELLE

au chien pris de folie joyeuse
en la voyant descendre l'escalier
— Ah, ça c'est un accueil !

LUI

son mari, mon père
— C'est normal, tu descends, et c'est comme si le soleil se levait pour nous.

La blondeur

Cette lueur évanescente, un halo autour de sa chemise de nuit, quand au matin elle arrose une plante oubliée au fond du jardin, des lilas tout autour.

La peau si fine, papier de soie, presque toujours fleurie de quelques ecchymoses. « On me regarde et j'ai un bleu », dit-elle en riant.

Tellement blonde. Diaphane.

Cette ressemblance avec Catherine Deneuve à l'époque de *La Chamade*. Quelque chose de Kim Novak dans *Vertigo*, aussi.

D'autres fois, c'est en Grace Kelly que je la retrouve, envolée le même jour qu'elle, un 14 septembre, beaucoup trop tôt. Une étoile de plus dans le ciel, disent les cartes de condoléances. Mais les étoiles sont si lointaines et éclairent si peu.

Me reviennent les mots déroutants de mon père, quand j'ai dû lui annoncer sa mort, son regard affolé, quatre-vingt-seize ans, jamais il n'aurait imaginé que les départs se fassent dans cet ordre, « Mais alors… bredouille-t-il en serrant ma main, qui sera blonde maintenant ? »

« Moi, un peu », je lui réponds, touchée au cœur, car tout est dit dans la disparition de cette blondeur de nos vies désormais, dans cette extinction de la lumière. Je lui montre l'extrémité de mes tresses de fin d'été, et il sourit, rassuré.

Un souvenir de la camomille renaît dans mes narines, son odeur jaune de cœur de fleur, cette tisane concentrée – une demi-douzaine de sachets au moins – qu'elle laissait refroidir avant de la verser sur ma crinière d'adolescente pour y allumer les reflets dorés dont je rêvais.

Chaque été, sur notre plage d'enfance, un peu de ma mère m'est révélé par le soleil et l'eau de mer, comme une preuve que je suis née d'elle, une confirmation qu'elle vit encore en moi, et l'idée que je peux, moi aussi, diffuser un peu de lumière.

Ce cadeau

Tout cet amour reçu
ne disparaîtra pas.
Jamais ça ne s'arrête,
l'amour d'une mère,
jamais ça ne finit.

Il ne reste que ça,
juste son amour désormais,
plus sa peau ni ses mots ni ses yeux,
mais l'amour c'est beaucoup.
C'est tout.

Les atomes

Un nuage ne meurt jamais, je le lis un matin. Il peut devenir goutte de pluie, cristal de givre, bille de glace, mais il ne peut pas devenir rien. Même évaporé il reste là, invisible dans l'humidité du ciel ou sur le sol répandu.

Et si elle était un nuage ?

Je m'accroche à cette idée, quand j'entends ceci : le nombre d'atomes composant l'univers serait toujours le même. Autrement dit rien ne se perd, rien ne se crée, tout se mélange et se transforme, comme enfermé dans une boule à neige sans cesse secouée, dont pas un flocon ne s'échappe.

Rien ne disparaît. Elle est peut-être morte, mais elle est toujours là, éparpillée comme je le ressentais, mais toujours de ce monde, mère évaporée, et les atomes qui la constituaient – 87 % d'entre eux sont de l'hydrogène et de l'oxygène, de la matière de nuage – vont servir à fabriquer un pin maritime, une étoile de mer, ou une autre jeune fille blonde.

La frontière est floue entre vie et mort, poreuse, c'est un mouvement aussi régulier que celui des marées, une fluctuation constante, tout vit et meurt autour de nous, sans cesse, sans même qu'on s'en aperçoive ou qu'on s'en émeuve.

Les fleurs des champs, les papillons, les lapins trépassés dans la mousse des sous-bois, tout se dissout pour renaître ailleurs. Dans la nature, la mort n'existe pas. C'est juste une réorganisation de la matière. Tout disparaît, et pourtant tout demeure.

Alors j'ai raison de la voir partout, dans un rayon de lune, une mésange bleue, un crépuscule. Elle n'a pas cessé d'exister, vu qu'il ne manque pas le moindre atome dans l'univers, c'est juste distribué autrement depuis sa mort, et dans cet autrement elle est.

Ce qu'elle était

joyeuse
curieuse
exubérante
bavarde
optimiste
dépressive
enthousiaste
affectueuse
généreuse
féministe
gourmande
courageuse
élégante
vivante

Le casse-noisettes

Dans mon souvenir il ne sort qu'à Noël, en même temps que le cheval-bougeoir orné de fleurs, que mon père lui a rapporté de Stockhlom au tout début de leur mariage. Le traditionnel *Nussknacker* en bois peint, avec sa livrée royale et sa barbe en poils de lapin. Un très rare objet évoquant son pays d'origine.

Quand elle rentrait d'un week-end chez sa mère, elle rapportait un stock de ces saucisses en massepain enrobées de chocolat noir et de fin papier doré, qu'on coupe en tranches à la manière d'un salami, et pour ses enfants des sachets de *gummibärli*, ces oursons en gomme multicolores qu'on ne trouvait que là-bas, à une époque où le mot mondialisation n'avait pas encore été inventé.

Toute sa vie elle portera en elle cette blessure, cette zone d'ombre : la honte d'être allemande. Le poids de la culpabilité, alors qu'elle n'était même pas née quand débutait la Shoah.

Parfois elle mentait, disant qu'elle venait de Bâle, ce qui était presque vrai. Elle aurait pu prétendre être suisse, vu que ses deux grands-mères l'étaient (Luise de Zürich, Hermine d'Argovie) et qu'elle parlait leur dialecte, mais elle restait allemande, honteuse et coupable.

Tu sais, tu n'es pas obligée de TOUT faire comme ta maman, me répétait-elle – le plus souvent à propos d'une fragilité dont j'aurais pu hériter – et j'y entendais à la fois « je suis heureuse qu'on se ressemble autant » et « ce que je veux le plus au monde c'est qu'il ne t'arrive rien de mal ».

Cette phrase m'accompagne comme un mantra. Je suis sa fille, mais je ne suis pas elle. Je n'ai pas à porter ses souffrances, même si je l'ai toujours fait. Je n'ai surtout pas à les reproduire. Je suis moi. Je dois apprendre à l'être. Seule.

Il y a ce qui reste, et ce qui disparaît. C'est un cadeau parfois.

La honte d'être allemande est partie avec elle. Le poids de ses chagrins aussi. Au cœur de ma tristesse, c'est une légèreté nouvelle et inattendue.

Ses agendas

Les agendas de ses vingt-cinq dernières années – des recharges de Filofax reliées par du bolduc rouge, chacune ornée d'une couverture découpée dans une carte postale ou une photo, sur laquelle elle a inscrit l'année au marqueur noir – est-ce que j'ai le droit ?

Qu'est-ce qui relève encore de la vie privée quand de la vie on est désormais privé ? Je n'ai pas la réponse. Ce qui est sûr c'est qu'elle m'aurait autorisée à faire tout ce que je voulais, du moment que ça pouvait adoucir ma peine.

Pendant des journées entières, je me perds donc dans les étroits feuillets lignés, tentant de déchiffrer les notes, de décrypter les signes – des soleils, des cœurs, des étoiles, des smileys hilares ou tristes, des tasses de café fumant –, les heures entourées au stylo-bille, les zones plâtrées de Tip-Ex que le temps a rendu translucide, dévoilant des couches de texte superposées, les prénoms, les vides.

Parfois elle écrit en sténo, des choses qu'elle voudrait que personne ne lise, et par chance je ne maîtrise pas cette écriture. Une partie d'elle restera à jamais secrète. Inaccessible. Une partie de tous ceux qu'on aime – la plus grande peut-être – reste à jamais un mystère, je le comprends soudain.

Au fil des pages qui filent à la vitesse de la vie, elle prend de la valériane, un abonnement au fitness, part pour Rome, Lisbonne, Cadix et Séville, « *Ciel : crème fouettée et jus d'oranges sanguines. Fabuleux!* », écrit-elle dans l'avion, elle déjeune avec des amies, récupère sa voiture au garage, note son poids, ses heures supplémentaires, une idée pour mon anniversaire, un rêve bizarre, des infiltrations de cortisone (annulaire droit, genou), une cure à Ischia, renouveler le *Financial Times*, me rapporter des céréales aux marshmallows des U.S.A., « *Fort Lauderdale, plage 32 °C, eau 26 °C* », je suis en apnée, engloutie par un passé inconnu dont je capte des éclats partagés, une clématite plantée devant la fenêtre de ma cuisine, la pièce « Puzzle » de Woody Allen au Théâtre du Palais-Royal, des noms qui résonnent comme une musique d'enfance – Hassan Khan, Peggy Lloyd, José Venturelli, Jessie Cox, Dan Raj, John et Susie Myers, Peter et Alice Castle –, et tout reflue dans le bruissement du papier, dans sa graphie si familière, sa vie et la mienne enchevêtrées – depuis toujours, en ce qui me concerne, alors comment imaginer les démêler ? –, c'est troublant, vertigineux, je ne sais plus où est ma place, dans ma réalité ou la sienne, écrasée comme une fleur entre les pages, ligotée par le bolduc rouge.

Les agendas, c'est sa vie à elle seule, parallèle à celle qu'on partageait, et une autre personne affleure, plus fragile et plus sombre que celle qu'elle me laissait voir. J'essaie de les superposer. J'ai peur de la perdre tout à fait. Entre les lignes je perçois la solitude, « *nuit terrible, grosse déprime, porto, biscuits* », l'inquiétude, « *pas bien, vertiges, tension* », les rendez-vous avec des médecins dont elle ne m'a jamais parlé.

Des croix noires et des dates apparaissent, à mesure que les amis disparaissent.

† Usha, Manfred, Mr Chapman, Franz.

Est-ce utile de continuer ? Je me fais du mal, mais impossible d'arrêter. Un matin de juin, elle part quelques jours en Allemagne. Brombach. Waldshut. Schluchsee. Le lac d'Anna Martin ? Était-ce un lieu familial, porteur de souvenirs ? Il n'y aura plus de réponses à mes questions.

Une petite note

Deux ans après sa disparition, alors que je vide le bureau de mon père – qui vient de partir la rejoindre –, je trouve une petite note parmi des ébauches de romans, des brouillons de lettres, les pages éparses d'un manuscrit inachevé sur la prise d'Hyderabad par l'armée indienne en 1948, des caricatures et des croquis.

Une petite note immortalisant un moment qui n'était qu'à lui, mais dont la trace me permet d'entrevoir cette autre personne, mystérieuse et inconnue de moi, qu'elle fut en parallèle de notre vie : l'amante, l'amie, l'épouse blonde dansant dans un appartement nocturne, la femme derrière la mère.

La beauté

Sestri Levante, à côté de Gênes. La mer couleur menthe à l'eau. Les palmiers comme des feux d'artifice. Ma bouée à tête de cheval, avec les yeux qui bougent. Les minuscules poissons d'argent.

Tout est si beau. Inondé de lumière.

Oh regarde, dit-elle à chaque instant, dévoilant l'aile bleutée d'un oiseau dans les pins, le cœur secret d'une fleur, le ventre rose d'un coquillage, déployant à mes pieds, telle une offrande, une étoffe chatoyante brodée de mille pierres précieuses, toute la beauté du monde.

A quoi sert la beauté si on ne peut plus la partager ?

Je me souviens, aux temps les plus sombres, de cette façon qu'elle avait de surgir n'importe où, jusqu'aux abords de l'hôpital, bouquets de violettes émergeant des pavés, branches lourdes de corolles me caressant au passage, nuées orange et mauve, inattendue et violente, presque fluorescente, comme pour déjà m'apprendre quelque chose de la suite.

Le ciel

Ce qu'il y a de bien, quand on a eu une mère aux yeux bleus, c'est qu'il suffit de contempler le ciel pour retrouver son regard.

« J'ai fait ce que j'ai pu », souriait-elle quand je lui reprochais mes yeux marron. Aujourd'hui je les lève vers l'endroit où elle pourrait être, et même par temps couvert, en cherchant bien, je finis par repérer une trouée dans les nuages d'où émerge l'azur de ses yeux, une double trouée en forme d'amande ou, au pire, l'unique ovale d'une maman cyclope posant son doux regard sur moi.

« Toutes ces mamans qui sont au ciel ! », soupire mon amie Alice en apprenant que la mienne a rejoint la sienne, et m'enveloppe aussitôt, comme un chandail tiède, cette connivence qui se crée entre ceux qui sont passés de l'autre côté.

La vie se divise en deux parties, mais personne ne nous le dit : celle où on a une mère, et celle d'après. On nous fait croire que c'est banal, une formalité, qu'il suffit de faire son deuil, le plus vite possible – certains vous donneront même une durée précise, comme s'il s'agissait de la cuisson d'un gâteau –, et hop, ça repart. Or non.

L'erreur serait d'espérer reprendre les choses là où on les avait laissées, d'attendre que le temps nous répare, de croire à ce concept à la mode, la résilience – un terme emprunté à la physique, définissant la capacité d'un métal à retrouver son état antérieur après avoir été malmené –, si bien qu'on s'étonne de ne pas y arriver, on culpabilise, on s'inquiète, alors que tout est normal, on n'est pas fait de métal, on est bien plus fort que ça, en fait, et on finira par se relever, mais rien ne sera jamais plus comme avant, voilà la vérité, la vie d'avant est perdue à jamais.

Il y a de bons côtés, si on regarde bien. Alors que j'ai vécu dans la terreur de la perdre, je n'ai plus besoin d'y penser – quand ? comment ? est-ce que j'y survivrai ? –, plus besoin de paniquer si elle ne répond pas illico à mes textos, en imaginant qu'elle agonise, seule, sur le carrelage froid de sa cuisine. « Pas de nouvelles, bonnes nouvelles », me répète-t-elle en rigolant, avec cette étincelle dans l'œil qui dit ma fille est chou mais un peu folle. Tu pourrais être tombée, j'insiste. Avoir eu une attaque, et ne pas pouvoir atteindre le téléphone. Elle rit encore.

« Je te promets, je t'appellerai le jour où je suis morte par terre dans ma cuisine! » Ne plus avoir peur qu'elle meure est un soulagement énorme.

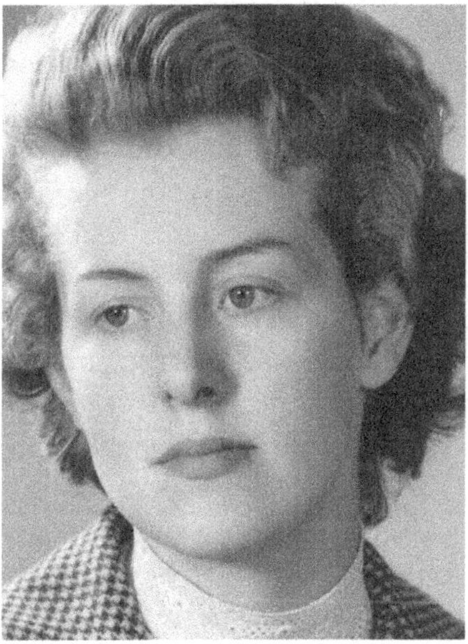

Le ciel est plein de mamans, c'est pour ça qu'on ne se lasse pas de le regarder, et que les nuages parlent une langue mouvante et douce. Certains jours il prend ce bleu particulier qu'elle aimait, celui de la tapisserie aux paons, du couvre-lit en chenille, de la salle de bains familiale qu'elle repeint, finissant les pots sur les tabourets à assise de paille rapportés du Liban, celui des pulls en mohair qui révélaient cette nuance dans ses yeux, ce bleu d'avant l'orage dont se drapent les madones, et tout se rejoint alors dans cette secrète logique qu'il me semble entrevoir parfois.

Quand j'y pense, ses yeux étaient toujours si tristes, même quand elle riait. Et elle riait beaucoup. C'était une joyeuse femme triste.

La vie, elle n'y tenait plus tant que ça. Je devais l'encombrer avec mon besoin d'elle. Mais ça l'attendrissait, parce qu'elle m'aimait. Elle ne voulait pas perdre une miette de temps avec moi.

Elle aimait les jeudis, je m'en souviens, et les week-ends, les grandes vacances, pour profiter de ses enfants du réveil au coucher, être le plus possible avec eux.

Déjà ça se mélange un peu, les visages, les années, toutes celles qu'elle a été, de ma naissance à sa mort. De qui dois-je me souvenir ? Les images tournoient sans fin, un kaléidoscope brassant des éclats d'elle pour m'en offrir une vision à chaque fois différente. Qui était-elle ? J'ai le sentiment de ne rien savoir, rien d'autre que son amour et ma détresse pour l'éternité.

La couleur du ciel naît du reflet du soleil sur les molécules de l'atmosphère, explique un scientifique à la radio. Et comme elle fait maintenant partie des molécules de l'atmosphère, elle participe au bleu. Enfin un début de réponse à la question qui rend fou : où est-elle ?

Elle est au ciel, dit-on aux enfants. C'est faux. Elle est le ciel.

Collection *La rencontre*

Serge Airoldi, *Rose Hanoï. Rencontres avec la couleur*, 2017 (prix Henri de Régnier de l'Académie française 2017)

Nathalie Azoulai, Serge Toubiana, *Ozu et nous*, 2021

Jean-Christophe Bailly, *Café Neon, Chemins grecs*, 2021 ; Arléa-Poche, 2022

Dominique Barbéris, *Un dimanche à Ville-d'Avray*, 2019 (deuxième sélection du prix Goncourt 2019 ; finaliste du prix Femina 2019)

Olivier Baumont, *Tombeau du jeune monsieur de Cinq-Mars*, 2021

Antoine Billot, *L'Année prochaine à New York. Dylan avant Dylan*, 2017

Sally Bonn, *Écrire, écrire, écrire*, 2022

Philippe Bonnin, *Katsura et ses jardins. Un mythe de l'architecture japonaise*, 2019 (prix P. J. Redouté 2021 ; prix René Pechère 2020) ;

Éloge d'un jardin japonais, Arléa-Poche, 2023

Véronique Bruez, *Ici habite le bonheur*, 2022 (finaliste du prix Jean-René Huguenin 2022)

Benoît Casas, *Venise toute*, 2022

Thierry Clermont, *La Balade de Galway*, 2021

Collectif, *La littérature est une rencontre*, 2016

Michel Crépu,
Beckett, 27 juillet 1982, 11 h 30, 2019

Only rock and roll. Avec les Rolling Stones, 2022
(finaliste du Prix Littéraire livres & musiques 2023)

Norbert Czarny, *Mains, fils, ciseaux*, 2023

Christian Doumet, *L'Évanouissement du témoin*, 2019

Hervé Dumez, *Incertain Paul Valéry*, 2016

Nadine Eghels, *Avec Paul*, 2023

Christophe Etemadzadeh, *La Vie sans savoir*, 2021
(prix Khôra-Institut de France de l'essai littéraire 2021 ;
finaliste du prix Jean-Jacques Rousseau de l'autobiographie 2021)

Élisabeth Foch-Eyssette, *On ne peut pas toujours voyager mais on ne peut pas toujours rester au même endroit*, 2018 ;
Éloge des voyages et du repos, Arléa-Poche, 2021

Francis Grembert, *Éloge de l'alouette*, 2023

Vincent Hein, *La Disparition de Jim Thompson*, 2021
(prix Pierre Mac Orlan 2022 ;
deuxième sélection du prix Femina 2021)

Philippe Herbet, *Fils de prolétaire*, 2022

Stéphane Lambert,
Avant Godot, 2016
(prix Roland de Jouvenel de l'Académie française 2017)

Fraternelle Mélancolie. Melville et Hawthorne, 2018

Visions de Goya. L'éclat dans le désastre, 2019
(prix André Malraux 2019) ;
Arléa-Poche, 2022

Paul Klee jusqu'au fond de l'avenir, 2021 ; Arléa-Poche, 2023

L'Apocalypse heureuse, 2022
(prix Victor Rossel 2022 ;
finaliste du Grand prix SGDL 2022 ;
finaliste du prix Jean-Jacques Rousseau 2022 ;
finaliste du Grand prix du roman de l'Académie royale de Belgique 2022)

Vincent Van Gogh, 2023

Yannick Le Marec,
Constellation du tigre, 2021
(sélection du prix 30 millions d'amis 2021)

Le Grand Pillage, 2022

Thierry Le Rolland, *Les Papillons de Nabokov, le boomerang de Gracq*, 2021

Gérard Macé, *Le Navire Arthur et autres essais*, 2020

Brice Matthieussent,
Les Jours noirs, 2019

Amérique fantôme, 2021

Akira Mizubayashi, *Dans les eaux profondes. Le bain japonais*, 2018 ;
Arléa-Poche, 2021

Sébastien Ortiz, *Dans un temple Zen, Rencontre avec Guillaume Apollinaire*, 2017

Benjamin Pelletier, *Les Années discrètes. Territoires de l'enfance*, 2018
(finaliste du prix Marcel Pagnol 2018)

Marc Petitjean,
Le Cœur. Frida Kahlo à Paris, 2018 ;
Arléa-Poche, 2022

L'Ami japonais.
Kunihiko Moriguchi, Trésor vivant et peintre de kimonos, 2020

Mathieu Pieyre, *Le Professeur d'anglais*, 2022
(lauréat du prix Alain-Fournier 2023 ;
finaliste du Grand prix de la fiction de la SGDL 2023 ;
finaliste du « Coup de Cœur des Lycéens » 2023 de la Fondation Prince Pierre de Monaco)

Olivier Rasimi,
Cocteau sur le rivage, 2019

Bébé, 2021
(première sélection du prix Renaudot essai 2021)

Patrick Roegiers, *Éloge du génie.*
Vilhelm Hammershøi, Glenn Gould, Thomas Bernhard, 2019

Gemma Salem, *Où sont ceux que ton cœur aime*, 2019

Jean-Jacques Salgon, *Des graffs dans la nuit.*
De la grotte Chauvet à Judit Reigl, 2021

Olivier Schefer,
Un seul souvenir, 2016

Une tache d'encre, 2017

Conversations silencieuses. L'art, la beauté et le chagrin, 2019

Un saut dans la nuit, 2021
(prix Cesson 2022)

Bruno Smolarz, *Giorgio Morandi, les jours et les heures*, 2016

Brina Svit, *Le Dieu des obstacle*s, 2021

Gilles A. Tiberghien, *Aux frontières du rêve. Un voyage en Asie*, 2023

Serge Toubiana, *Le Fils de la maîtresse*, 2022 (prix Marcel Pagnol 2022)

Fabienne Verstraeten, *V ou la mélancolie*, 2023

Luc Vezin, *La Vie sans histoire de James Castle*, 2022 (finaliste du prix Roman-News Publicis Drugstore 2022 ; finaliste du prix des lecteurs de Notre Temps 2022)

François Warin, *Au commencement la beauté*, 2020

Natacha Wolinski, *Son éclat seul me reste*, 2020

ACHEVÉ D'IMPRIMER
EN JUIN 2023
ENTRE VIOLETTES, IRIS,
PAQUERETTES ET LILAS
SUR LES PRESSES DE LA
NOUVELLE IMPRIMERIE
LABALLERY À CLAMECY
NIÈVRE
SUR UNE MISE EN PAGE
DE JACQUES-ANTOINE
BRESCH ET AUDREY
CHARBONNIER

IMPRIM'VERT®

Numéro d'édition : 1348
Numéro d'impression : 306157
Dépôt légal : août 2023
Imprimé en France